2021 유심작품상 수상문집

2021 유심작품상 수상문집

초판1쇄 인쇄 2021년 7월 25일
초판1쇄 발행 2021년 8월 1일
엮은이 : 만해사상실천선양회
펴낸이 : 김향숙
펴낸곳 : 인북스
주소 : 경기 고양시 일산서구 성저로 121, 1102-102
전화 : 031) 924 7402
팩스 : 031) 924 7408
이메일 editorman@hanmail.net

ISBN 978-89-89449-80-5 03810

값 12,000원

2021
유심
작품상

인북스

유심작품상은…

독립운동가이자 불교사상가이며 《님의 침묵》을 쓴 탁월한 시인인 만해 한용운 선생(1879~1944)의 업적을 기리고 그 정신을 계승하고자 만해사상실천선양회가 제정한 문학상이다. '유심작품상'이라는 명칭은 만해가 1918년 9월에 창간했던 잡지 《유심》에서 따온 것이다. 유심작품상은 만해문학정신을 계승하기 위해 2003년부터 시, 시조, 평론 분야로 나누어 수상자를 선정, 시상해 왔으며 올해로 19회째 수상자를 배출했다.

2021년도 시상식: 8월 11일 오후 6시 만해마을 문인의집 대강당

제19회 유심작품상

만해 한용운 선생의 문학적 업적을 기리고 현대 한국문학의 수준을 한 단계 높여준 작품을 발표한 문학인들을 격려하기 위해 제정한 '제19회 유심작품상' 수상자를 아래와 같이 발표합니다.

만 해 사 상 실 천 선 양 회

부문별 수상자

시부문　　윤효(시인)

　　　　　　수상작 '차마객잔(茶馬客棧)'

시조부문　문무학(시조시인)

　　　　　　수상작 '그전엔 알지 못했다'

소설부문　이경자(소설가)

　　　　　　수상작 '언니를 놓치다'

특별상　　한분순(시조시인)

제19회 유심작품상 심사위원

심사위원장 이근배(시인, 대한민국예술원 회장)

심사위원

구중서(문학평론가) 김영재(시조시인)

박시교(시조시인) 신달자(시인, 예술원 회원)

오세영(시인, 예술원 회원)

제1회 2003

이상국 (시)　홍성란 (시조)

제2회 2004

이남호 (평론)　정끝별 (시)　고정국 (시조)

제3회 2005

방민호 (평론)　문태준 (시)　이지엽 (시조)

제4회 2006

유성호 (평론)　이은봉 (시)

제5회 2007

오승철 (시조)　권혁웅 (평론)　정완영 (특별상)　서정춘 (시)　이 경 (시)

제6회 2008

이근배 (시조)　이상옥 (평론)　고 은 (특별상)　이가림 (시)　유자효 (시조)

제7회 2009

김종회 (평론)　김재홍 (특별상)　유안진 (시)　백이운 (시조)　박찬일 (평론)

제8회 2010

권기호 (특별상)　김교한 (특별상)　김초혜 (시)　조동화 (시조)　서준섭 (평론)

제9회 2011

강은교 (시)

김일연 (시조)

홍용희 (평론)

제10회 2012

이홍섭 (시)

이종문 (시조)

제11회 2013   제12회 2014

김광식 (학술)   최동호 (시)   박현수 (학술)   신달자 (시)   윤금초 (시조)

제13회 2015

장영우 (학술)   하인즈 (특별상)   박형준 (시)   김복근 (시조)   이숭원 (평론)

제14회 2016   제15회 2017

이영춘 (특별상)   곽효환 (시)   김호길 (시조)   이도흠 (학술)   권영민 (특별상)

제16회 2018

나태주 (시)   김제현 (시조)   천양희 (특별상)   고형렬 (시)   박방희 (시조)

제17회 2019

송준영 (학술)   이상범 (특별상)   이재무 (시)   김영재 (시조)   이경철 (평론)

제18회 2020

오탁번 (특별상)   함민복 (시)   박시교 (시조)   이승하 (평론)

차 례

● 소설부문 이경자

● 특별상 한분순

윤효

윤효 / 본명 윤창수. 1956년 충남 논산 출생. 동국대학교 국어국문학과 졸업. 1984년 《현대문학》 등단. 보성여고·오산중학교 교사, 오산중학교 교장 역임. 시집으로 《물결》《얼음새꽃》《햇살방석》《참말》《배꼽》 등과 시선집 《언어경제학서설》 등 있음. 편운문학상 우수상, 영랑시문학상 우수상, 풀꽃문학상, 동국문학상 등 수상. 현재 '작은詩앗·채송화' 동인, '문학의집 서울' 상임이사. treeycs@yoonhyo.com

차마객잔(茶馬客棧)

설산에
마지막 마방이 걸어두고 간
조각달 아래
하룻밤
내내
가쁜
숨소리,

그곳에도
아침은
와서
보니
앉은뱅이
도라지꽃.

—《문학과창작》 2019년 가을호

짧게 그리고 진솔하게

윤효 시인을 올해의 유심작품상 수상자로 선정한 이유는 다음과 같다.

첫째, 작품이 우수하다. 이는 주관적인 평가일 수도 있지만 어떻든 본 심사위원의 관점에서는 그렇다. 이를 굳이 시학적으로 설명하라면 못할 것도 없다. 그러나 이 글의 취지에 맞지도 않고 또 한정된 지면이니 생략하기로 한다.

둘째, 너 나 없이 부화뇌동하고 있는 현하 우리 시단의 유행 풍조와 맞서 자신만의 시를 쓰는 시인이다. 그러므로 그는 남의 눈치를 보지 않는 용기 있는 시인, 깨어 있는 시인이기도 하다. 시, 아니 예술이란 본래 남을 모방하지 않고 개성과 독창성을 추구하는 것이 본질이니 이 또한 시인이 가져야 할 중요한 덕목 중의 하나이다.

셋째, 한 가지라도 알아듣게, 진솔하게, 진실을 말할 줄 아는 시인이다. 요즘 유행하는 시단의 풍조처럼 자신도 뭐가 무언지를 모르는 정신병적 넋두리를 정신없이 푸념하는 시들과는 근본적으로 다르다.

넷째, 존재나 세계에 대해 항상 사색적이고 자기 성찰적이다. 그의 시에는 크든 작든 삶에 대한 깨우침이 있다. 한마디로 철학적 태도를 지니고 있다

다섯째, 언어의 낭비가 없다. 꼭 써야 할 말만 적재적소에 활용하고 있다. 언어의 경제성이란 시작의 중요한 원칙이다.

여섯째, 짧고 함축적이다. 요즘 우리 시들은 턱없이 길기만 하다. 단 5행을 읽어내기가 어렵다. 그러니 푸르고 푸른 이 봄날—해야 할 일도 즐거운 일도, 쾌락에 탐닉할 일도 많고 많은 봄날— 누가 일삼아 어두컴컴한 방구석에 처박혀 앉아 한 페이지가 넘는 그 장황하고도 정신 해체적인 글들을 읽겠는가. 이 땅에서 시가 박멸되어가는 소이연이기도 하다. 시인이 시를 죽이고 있는 것이다. 그러므로 윤효 같은 시인은, 죽어가는 우리 시단에서 시를 살리려 안타깝게 몸부림을 치는, 몇 안 되는 기특하고도 고마운 시인이라 할 수도 있다. 문학상을 주어서 격려할 만하지 않은가.

이상의 조건 아래서 살펴본 윤효 시인의 최근작들 중 특히 눈에 띄는 작품이 바로 〈차마객잔〉이다. 그 상관관계는 너무도 명징해서 달리 설명할 필요가 없으리라 생각한다. 다만 상상력이라는 차원에서 시의 극적 구조를 잘 살려낸 각각 화자("조각달 아래/ 하룻밤/ 내내/ 가쁜")의 '숨소리'와 "앉은뱅이 도라지꽃" "달밤"과 "아침"의 이항대립, 그리고 이로써 제시하고자 하는 시인의 철학적 단상 즉 한 존재가 지닌 죽음과 생명이라는 모순의 이원적 의미만큼은 특별히 지적해 두고 싶다.

심사위원 / 구중서, 김영재, 박시교, 신달자, 이근배, 오세영(글)

가슴에 남는 아득한 시를 위하여

나고 자란 시골 마을 한복판에 아름드리 정자나무가 있었습니다. 어른들뿐만 아니라 아이들도 수시로 드나들었습니다. 놀이터였습니다. 아이들 서넛이 모이면 누가 먼저랄 것도 없이 그 나무를 탔습니다, 누가 더 높이 오르나 겨루기도 하고 이 가지 저 가지 옮겨 다니며 잡기 놀이를 하기도 했습니다. 그럴 때마다 저는 밑에서 그 재재바른 아이들을 올려다보기만 했습니다. 아이들과 어울려 흙투성이가 되어 보지도 못했습니다.

*

제 안에 자의식이 싹틀 무렵부터 무엇인가에 대한 동경이 함께 자리를 잡았습니다. 그것은 실체라곤 전혀 없는 막연한 그리움이었습니다. 그러다가 읍내 중학교 2학년 어느 가을날 하굣길에서 그 동경의 실상을 만났습니다. 줄지어 선 신작로 미루나무의 행렬을 끝없이 따라 걷고 싶었습니다. 시인이 되고 싶었습니다. 시를 어떻게 쓰는지는 고사하고 시가 무엇인지도 몰랐습니다. 그저 시인이 되고 싶었습니다.

*

짧은 말, 그러나 시골 간이역 나부끼는 손수건의 이별처럼 아득한 시를 쓰고 싶었습니다. 쉬운 말, 그러나 가슴에 남는 시를 쓰고 싶었습니다. 그러나 이따금 찾아와 제 가난한 속뜰을 헤집어 놓기만 할 뿐, 시는 제 곁에 머물러 주지 않았습니다. 이러한 날들이 무수히 이어지곤 하였으나, 어쩌다 며칠이고 제 곁에 시가 머무는 날이 있었습니다. 다시금 헤아려보니, 저에게 시를 쓰게 한 것은 '결핍'이었습니다. 결핍의 다른 이름인 외로움과 그리움과 서러움으로부터 가까스로 시가 피어나곤 했습니다.

*

수상 통보를 받고는 만해 한용운 선생을 떠올렸습니다. 우리나라 근현대사를 환하게 밝힌 선지식의 전인적 풍모가 그리웠습니다. 그리고 그 돌올한 생애와 정신을 오늘에 되살린 설악무산 스님을 떠올렸습니다.

*

"나는 서정시인이 되기에는 너무도 소질이 없나봐요. / '즐거움'이니 '슬픔'이니 '사랑'이니 그런 것은 쓰기 싫어요. / 당신의 얼굴과 소리와 걸음걸이와를 그대로 쓰고 싶습니다. / 그리고 당신의 집과 침대와 꽃밭에 있는 작은 돌도 쓰겠습니다."《님의 침묵》여든여덟 주옥편 중 아홉 번째 작품인 〈예술가〉의 끝부분을 다시 새겨 읽으면서 이 글을 마칩니다.

윤효

생명선 등 5편

날이 풀리자 아파트 마당에 실금이 또 하나 늘었다.

어제는 비까지 내려 더 아프게 드러났다.

풀리지 않는 일 탓이겠으나 심란했다.

손바닥에 자주 눈이 갔다.

내내 뒤숭숭했다.

그런데 오늘 보니 풀 죽을 일이 아니었다.

실금을 따라 푸른 것들이 일제히 돋아나 있었다.

— 《시와시학》 2019년 봄호

느티나무

잠시 앉아 허리를 펴거나 둘러앉아 마을 대소사를 의논하던 아름드리나무를 베어낸 그 자리에 새마을회관이 들어섰다.

준공식 날, 면장이 오고 군수가 오고 국회의원이 왔다.

오색 테이프를 끊고 사진을 찍었다.

동네가 훤해졌다고 했다.

마을 사람들은 읍내 장을 보고 돌아올 때마다 길을 잃었다.

들녘 일을 마치고 돌아오던 소들도 음매 음매 목을 놓았다.

— 시집 《배꼽》(2019)

인과율(因果律)

― 요즘 시를 읽다가

주말은 시골집에서 보낸다는 노시인이 어느 시상식 뒤풀이
에서 말했다.

과식하는 동물은 사람밖에 없어요.

닷새 치 사료를 주고 올라오면 개는 끼니를 나눠서 먹어요.

참석자 모두 사흘 치 넘게 먹어 치운 뒤였다.

―《작은詩앗·채송화》제23호(2020)

식민지

종묘회사들이 모조리 외국의 다국적 기업에 팔렸다.

아니, 팔아먹었다.

그런 줄도 모르고

또다시 들을 빼앗긴 줄도 모르고

맥도날드와 스타벅스를 오가며

하루에도 열두 번

정신없이

씩씩하게 잘도 산다.

이 땅에 뭘 하나 심어 먹으려 해도 그 회사에

손을 벌려야 한다.

—《시와시학》 2019년 봄호

현답(賢答)

신을
길게 발음하면?

김소월
윤동주.

시인을
짧게 발음하면?

새는
구두,

젖은
운동화.

—《불교문예》 2019년 봄호

자존(自尊) 등 10편

무서리 하늘 높이 기러기 행렬이 지나고 있었습니다.

때마침 헬기가 굉음을 내며 스쳐갔으나, 그 대오를 전혀 흐트러뜨리지 않았습니다.

— 시집《얼음새꽃》(2005)

원추리

비록 하루밖에 못 사는 꽃을 피우지만, 원추리는 높다란 꽃대 위에 예니레쯤 꽃을 매달 줄 안다.

예닐곱 개의 봉오리들을 하루씩 차례로 피우기 때문이다.

누구도 그 꽃이 하루살이라는 것을 알지 못한다.

— 시집《얼음새꽃》(2005)

한국정신사

하늘 두 쪽 내며 내리꽂히는

빗줄기에게는

눈 깜짝하지 않더니

하염없이 망설이고

하염없이 머뭇거리는

눈송이들에겐

제 몸 기꺼이 길게 눕혀주는

대숲,

한국정신사 제1장 제1절

— 시집 《참말》(2014)

영혼의 기둥

침
엽수
바늘잎
큰키나무
적갈색줄기
잎은마주나고
가지도마주나는
낙우송과침엽교목
혼자서도성스런자태
여럿이서면묵상의행렬
바람불면그바람향해서고
비오면그빗줄기오롯이맞는
다만서늘한이마에는아스란꿈
누리의흙빛설움모두머리에이고
하늘에이르고자하는그아스라한꿈
이땅에서그푸른꿈끝내이룰수있을까
아이땅에서그푸른꿈끝내이룰수있을까
메
타
세
쿼
이
아

— 시집 《햇살방석》(2008)

28

아, 바다

간밤 해일이 다녀갔습니다.
　바닷가 즐비한 횟집들의 수족관을 부수고 활어들을 모두 바
다로 데려갔습니다.

— 시집《얼음새꽃》(2005)

빙어축제

얼음판 위에 발자국들이 어지러이 찍히고 다투어 구멍이 뚫렸다.

이내 환호가 터졌다.

몇 차례, 또 몇 차례 이어졌다.

그리고는 잠잠해졌다.

더 이상 환호가 터져 나오지 않았다.

먼저 끌려 나온 빙어들이 얼음판을 두들겼던 것이다.

온몸을 내던져 두들겼던 것이다.

— 시집 《배꼽》(2019)

못

가슴에 굵은 못을 박고 사는 사람들이 생애가 저물어가도록
그 못을 차마 뽑아버리지 못하는 것은 자기 생의 가장 뜨거운
부분을 거기 걸어놓았기 때문이다.

— 시집《물결》(2001)

김종삼(金宗三) 1

피얼룩
스쳐간
따에서
음악에
기대고
죽음에
기대어
詩몇줄
남기고
끝없는
반짝임
속으로
걸어서
날아간

향년
63세.

— 시집《물결》(2001)

어느 부음

2009년 3월 8일 오후 3시 10분
서울대공원 동물원의 자이언트 코끼리가 입적했다.
1952년 태국에서 태어나
세 살 때 우리나라 무문관으로 출가한 자이언트는
잿빛 가사 한 벌에 의지해 오직 용맹정진
장좌불와를 넘어 평생을 앉거나 눕지 않았다.
그 서릿발 수행을 통해
좌탈입망의 경지에 이른 자이언트는 비로소
고요히 앉아 열반에 들었다.
향년 58세, 법랍 55년.

— 시집 《참말》(2014)

교황 프란치스코 1세

아르헨티나 베르골리오 추기경이
콘클라베에 참석하기 위해 로마로 떠날 때
몇몇 신부가 돈을 모아
그의 낡은 구두를 새 구두로 바꿔 신겼다.

번듯한 공관을 마다하고
작은 아파트에서 혼자 밥을 짓고 옷을 깁던
이웃들과 가난을 나누던
그였다.

하느님께서 물으실 때마다
가난한 이들을 위한 가난한 교회가 답이라고 응답하던
그였다.

시스티나 성당 굴뚝에
네 차례 검은 연기가 번지고 마침내
흰 연기가 피어올랐다.

전 세계에서 온 115명 추기경들이 뽑은 새 교황의 이름은
베르골리오 추기경.

즉위명으로 프란치스코를 골랐다.
가난한 이를 위한 겸손과 청빈으로 성자가 된
바로 그 아시시의 성 프란치스코.

그날,
교황청 리무진을 물리치고 셔틀버스를 타고 숙소로 돌아와
저녁을 들면서
추기경들에게 건넨 건배사는
이러하였다.

"하느님께서 나를 뽑은 당신들을 용서해 주시기를……"

제266대 교황 프란치스코 1세,
호르헤 마리오 베르골리오 추기경, 76세.

— 시집 《참말》(2014)

물결

물결 아래로 얇은 물결이 포개어져 흐르고 있다. 바닷새가 흘리고 간 하얀 눈물이 그 사이를 지나고 있다. 낮은 풍금 소리 내면서 물 그늘을 찾아가고 있다.

— 《현대문학》 1984년 10월호

자술연보

- 1956년 1월 21일(음력 1955년 12월 9일) 충남 논산군 부적면 부황리에서 아버지 여선(汝善), 어머니 임종임(林鍾任)의 여덟 남매 중 여섯째, 차남으로 태어남. 본명은 창식(昶植).

- 1968년 부적국민학교 졸업.

- 1969년 읍내 논산중학교 2학년 가을 하굣길, 신작로 미루나무를 따라 걸으며 시인이 되어야겠다는 꿈을 새김. 1971년 논산중학교 졸업.

- 1974년 논산대건고등학교 졸업. 중고등학교 6년간 기차통학을 함.

- 1979년 동국대학교 국어국문학과 졸업. 육군에 입대하여 부산에서 복무, 1981년 병역을 마침.

- 1982년 동국대학교 국어국문학과 동기생 김선아(金善雅)와 결혼. 보성여자고등학교 국어교사 부임. 딸 수혜(樹慧) 태어남.

- 1984년 오산(五山)중학교 국어교사 부임. 미당 서정주 선생 추천으로 《현대문학》에 〈물결〉과 〈혼사〉 발표.

- 1985년 아들 인섭(仁燮) 태어남.

- 2001년 김강태 시인 주선으로 첫 번째 시집 《물결》(다층) 출간.

- 2004년 생명의숲 문화교육위원회 위원을 맡으면서 숲문화운동에 참여.

- 2005년 두 번째 시집 《얼음새꽃》(시학) 출간. 생명의숲과 종로여성인력개발센터가 공동주관한 숲해설가 양성과정에서 '숲과 문학' 강의.

- 2006년 향년 85세를 일기로 아버지 돌아가심. 제16회 편운문학상 우수상 수상. 충북 제천 박달재휴양림에서 '생명의숲 숲속예술제' 기획 및 개최. 산림문화 진작에 기여한 공로로 농림부장관상을 받음.

- 2007년 나기철, 복효근, 오인태, 이지엽, 정일근, 함순례 시인과 함께 시동인 '작은詩앗·채송화' 결성(뒤에 김길녀 나혜경, 정일근 대신 오성일 시인 참여). 한국 현대시 100년 '시가 다시 희망이다'전 참가.

- 2008년 세 번째 시집 《햇살방석》(시학) 출간. '작은詩앗·채송화' 창간호 《내 안에 움튼 연둣빛》(고요아침) 출간. 오산중학교에서 교감 일을 맡음. 어메니티포럼 주최 도시 숲 관찰을

통한 생태환경연수에서 '함께 읽어요, 나무시' 강의.

• 2009년 제7회 영랑시문학상 우수상 수상.

• 2010년 향년 90세를 일기로 어머니 돌아가심.

• 2011년 오산중학교에서 교장 일을 맡음.

• 2013년 '작은詩앗·채송화' 제10호《시인의 견적》출간.

• 2014년 네 번째 시집《참말》(시학) 출간. 제1회 풀꽃문학상
  수상. '문학의집·서울'이 주최한 문학청소년 축제에서 '삶의 언
  어, 문학의 언어'를 주제로 강연

• 2015년 딸 수혜 결혼, 사위 박원영(朴原永). 시선집《언어경
  제학서설》(인간과문학사) 출간. '시노래마을' 주최〈시는 노래
  를 타고〉출연. 생명의숲이 주최한 '숲문화아카데미 ─ 숲과 삶
  을 잇다'와 대전충남생명의숲이 주최한 '숲해설 심화교육과정'
  에서 '시 속의 나무' 강의. '문학의집 서울'이 주최한 광복 및 분
  단 70주년 문인극〈하꼬대 마을 사람들〉출연.

• 2016년 아들 인섭 결혼, 며느리 권미혜(權美慧). 외손자 박도
  윤(朴度玧) 태어남. 공광규, 김영탁, 김추인, 동시영, 박해림,
  윤범모, 윤효, 이경, 임연태, 홍사성 시인으로 이루어진 '등등
  시사(等等詩社)' 첫 번째 사화집《열 가지 색깔의 시》(인북스)

출간. 평안북도 정주군민회로부터 명예군민증서 받음. 오산
중학교 명예퇴직. 녹조근정훈장 받음. 신재창 작곡가 겸 가수
와 류미야, 오봉옥, 오성일 시인이 함께하는 '시노래마을'에 동
인으로 참여. '문학의집·서울'이 주최한 문학청소년 축제에서
'시는 무엇이고, 어디에서 오는가'를 주제로 강연

• 2017년 손녀 새봄 태어남. 시인·소설가들(김금용, 김영재,
  김지헌, 김추인, 이경, 이경철, 홍사성, 이상문, 이정. 뒤에 김
  일연, 최도선, 백우선, 조연향, 김우남 등 참여)로 결성한 사
  막의형제들과 함께 실크로드 여행 시집《사막에서 열흘》(책
  만드는집) 출간. 문화체육관광부가 주최하고 한국문화예술회
  관연합회와 논산문화예술회관이 공동주관한 〈문화가 있는 날
  −동고동락 우리 고장 시인 초청 문학콘서트〉 출연. '시노래
  마을'과 아트로드기획이 공동주최한 〈일상의 인문학 콘서트
  −윤효의 밤〉 출연. 세종시낭송인회 초청 특강에서 '시를 위
  하여' 강의.

• 2018년 '작은詩앗·채송화' 제20호《풀잎의 마음》출간. 등등
  시사 두 번째 사화집《열 가지 소리의 시》(인북스) 출간. 제31
  회 동국문학상 수상. KBS전주방송총국 방송 80년 기념 〈전국
  중견시인·화가시화전−육필로 쓰고, 마음으로 그리다〉참가.
  사막의형제들과 함께 중앙아시아 여행 시와 산문《다시 사막
  에서 열흘》(책만드는집) 출간.

• 2019년 다섯 번째 시집《배꼽》(서정시학) 출간. 제13회 충남

시협상 수상. 사막의형제들과 함께 시인·소설가 12인의 오지기행 《차마고도에서 열흘》(책만드는집) 출간. 인문포럼 '노는'과 '시노래마을'이 공동주최하고 박수밀, 강동우, 이홍식, 이형우 교수가 패널로 참여한 〈한시와 현대시의 접점 - 《배꼽》 문학콘서트〉 개최. 경상남도교육청 교육연구정보원 부서역량강화연수에서 '말의 힘' 강의.

• 2020년 자연을 사랑하는 '문학의집·서울' 상임이사 일을 맡음. 한국시인협회 기획위원장 일을 맡음. '일요고전 연백시사' 초청 특강에서 '시집 《배꼽》과 시선집 《언어경제학서설》 강의. 사막의형제들과 함께 시인·소설가 12인의 오지기행 《바이칼에서 몽골까지 열흘》(책만드는집) 출간. 만해축전 축시 〈만해 한용운〉 발표. 격월간 《금강》에 〈책 읽어주는 남자〉 6회 연재.

• 2021년 '작은詩앗·채송화' 제25호 《만첩홍도》(고요아침) 출간.

연구서지

김강태 〈낮고 부드럽고 예리한〉《물결》다층, 2001.

조병무 〈짧은 시의 시적 묘미〉《물결》다층, 2001.

유한근 〈미당과 종삼 사이의 원 터〉《물결》다층. 2001.

김재홍 〈빈자일등, 가난한 마음들을 불 밝히며〉《별 하나 나 하
　　　　나의 고백 – 현대시 100년 한국명시감상 4》문학수첩,
　　　　2003.

반칠환 〈못〉《내게 가장 가까운 신, 당신》백년글사랑, 2004.

이경교 〈예외, 타자성, 감춤〉《얼음새꽃》시학, 2005.

박윤우 〈서정에 이르는 몇 가지 층위〉《시와시학》2006.

홍용희 〈순연한 마음의 풍경〉《햇살방석》시학, 2008.

김규린 〈작은詩앗·채송화 하늘이 바다를 만날 때〉《삶과문화》
　　　　2008.

신중신 〈골계의 시〉《계간문예》2008.

임현숙 〈야생의 꽃과 나무를 노래하는 시인〉《산사랑》한국산지
　　　　보전협회, 2008.

장재선 〈교사 시인의 항변 아닌 항변〉《교육광장》한국교육과정
　　　　평가원, 2008.

고규홍 〈향나무 한 그루〉《나무가 말하였네》마음산책, 2008.

정일근 〈시의 본령을 지키는 시인, 윤효〉《현대시》2008.

오인태 〈발견, 동일화, 절제의 서정시학〉《시와시학》2009.

김명원 〈시인, 파르마코너〉《우리詩》2009.

이승하 〈짧은 시의 깊은 의미, 긴 여운〉《작은詩앗·채송화》고요

아침, 2011.

정효구 〈삼업을 닦으며, 삼보를 꿈꾸며〉《참말》시학, 2014.

호병탁 〈시, 스스로 취한 필연적인 짧은 형상〉《작은詩앗·채송
　　　화》고요아침, 2014.

서범석 〈제목의 미덕〉《시와소금》2015.

안수환 〈사람은 별을 보고, 별은 사람을 본다〉《예술가》2016.

김익두 〈작고 소박하고 착한 시심에게 드리는, 아주 사소한 말 몇
　　　마디〉《작은詩앗·채송화》고요아침, 2017.

이영춘 〈시와 밥, 그리고 시인의 역할〉《시현실》2018.

이병철 〈천둥번개 내리꽂힌 자리에 핀 채송화 한 송이〉《작은詩
　　　앗·채송화》고요아침, 2019.

백애송 〈마음으로 전하는 언어〉《시와시학》2019.

이형권 〈사막의 나무와 활구의 노래〉《배꼽》서정시학, 2019.

이형우 〈시집 '배꼽'과 윤효의 시작법〉《예술가》2019.

나민애 〈완생〉《내게로 온 시 너에게 보낸다》2019.

이홍식 〈가랑잎 설법〉《한시와 현대시의 접점》2019.

이형우 〈경계론으로 읽는 '함박눈'〉《한시와 현대시의 접점》
　　　2019.

김완하 〈상선약수〉《김완하의 시 속의 시 읽기》맵씨터, 2020.

안수환 〈심연과 산정〉《예술가》2020.

우진용 〈꽃〉《시와 함께 떠나는 글자 기행록》시로여는세상,
　　　2020.

진실 추구에서 우러난 독창성

이숭원

1. 심사평의 덕목

윤효 시인을 유심작품상 수상자로 선정한 오세영 시인은 심사평에서 여러 가지 선정 이유를 언급했다. 그 내용을 간추려 말하면 개성과 독창성, 진솔함과 진실성, 삶에 대한 성찰, 언어의 경제성과 함축성 등으로 요약된다. 윤효 시인은 수상 소감 끝부분에 한용운의 〈예술가〉의 한 구절을 인용했다. "'즐거움'이니 '슬픔'이니 '사랑'이니 그런 것은 쓰기 싫어요./ 당신의 얼굴과 소리와 걸음걸이와를 그대로 쓰고 싶습니다./ 그리고 당신의 집과 침대와 꽃밭에 있는 작은 돌도 쓰겠습니다." 이 구절은 당신에 대해 관념적인 서술을 하지 않고 구체적인 실상을 전달하겠다는 뜻이다. 관념적 서술을 피하고 구체적 사실을 드러내겠다는 태도는 표현의 진솔성, 경제성, 독창성과 연결된다. 대상을 구체적으로 드러내려면 진술하면서도 간결한 표현을 하게 되고 그 결과는 독창적인 창조로 발현된다. 이러한 전제적 사실은 그의 작품에서 구체적으로 확인된다.

설산에
마지막 마방이 걸어두고 간
조각달 아래
하룻밤
내내
가쁜
숨소리,

그곳에도
아침은
와서
보니
앉은뱅이
도라지꽃.

— 〈차마객잔(茶馬客棧)〉 전문

수상작 〈차마객잔〉은 차마고도(車馬古道)의 어느 객잔 풍경을 소재로 삼았다. 차마고도는 중국에서 티베트를 거쳐 인도로 연결된 오래된 교역로다. 설산과 협곡으로 이어진 높고 험준한 길로 고도가 4,000m가 넘고 길이는 5,000km에 이른다고 한다. 그 험한 산길을 넘어 수십 마리 말을 이끌고 마방들이 활동했다고 하니 생각만 해도 아찔한 일이다. 시인은 마방이 묵었던 객잔을 상상하며 시를 구상했다. 늦게 일을 마친 마지막 마방이 하늘에 조각달을 걸어두었다고 상상했다. 밤하늘의 달을 사람이 걸어둔다고 상상하는 것은 자연 융합의 사유다. 인간과 자연이 따로 놀지 않고 서로 소통한다는 세계관이다. 그러한 세계관을 지니고 있어야 5,000㎞ 산길을 자연과 하나가 되어 걸을 수 있을 것이다. 산소가 부족한 해발 4,000m 고지에 오르는 것도 힘들었을 텐데 하늘에 조각달까지 걸었으니 마방의 고초가 심했을 것이다. 그래서 "하룻밤/ 내내/ 가쁜/ 숨소리"가 들렸다고 했다. 고된 노동의 뒤에 이어지는 숨소리일 수도 있고 삶의 고초 전체를 상징하는 표현일 수도 있다. 숨 쉬는 것조차 힘든 고산지대의 상황을 암시한 것이다. 가혹한 밤을 지낸 후 아침은 어떤 상태인가 보았더니 높은 고원지대에도 꽃이 피었다는 것이다. 척박한 상태에 맞는 "앉은뱅이 도라지꽃"이 핀 것이다.

이 시는 차마고도의 상황이나 객잔의 모습에 대해 개념적인 서술은 일체 하지 않았다. 고초, 가혹, 척박 등은 내가 설명하기 위해 사용한 말이지 시인이 쓴 시어가 아니다. 시인은 밤하늘에 조각달이 뜬 정경과 누군가의 가쁜 숨소리를 제시했고 아침에 본 작은 도라지꽃을 소개했을 뿐이다. 눈에 보이고 귀에 들리는 구체적 사실을 이야기했고 지극히 단순한 정황을 서술했으니 어려운 말은 하나도 없다. 그런데 그 짧은 어구를 통해 삶의 단면을 은근히 드러내고 있으니 표현이 진솔하고 함축적이라고 할 수 있다. 그러면 은근히 드러난 삶의 진실은 무엇인가? 고통스러운 삶이 이어지는 것 같지만 그 속에 생명의 아름다움이 존재한다는 사실의 발견이다. 그것을 가쁜 숨소리와 앉은뱅이 도라지꽃의 대비로 표현했다.

표현의 함축성은 또 하나의 상상을 자극하는데, 그것은 밤에 들었던 가쁜 숨소리가 작은 도라지꽃을 피우기 위한 인고의 과정이 아니었나 하는 새로운 상상이다. 또 한편으로는 밤하늘의 조각달과 아침의 도라지꽃이 서로 무관한 사물이 아니라 의미를 주고받는 유정한 대상이라는 사실도 새롭게 유추할 수 있다. 조각달로 인해 도라지꽃이 피고, 도라지꽃이 핌으로써 조각달이 의미를 지니는 새로운 맥락을 상상하게 된다. 이러한 전후의 맥락은 차마고도에 대해 우리가 가졌던 기존의 사유를 완전히 뒤집는다. 지금까지 누구도 생각한 적 없고 이야기한 적 없는 차마고도의 새로운 국면을 우리에게 환기하는 것이다. 이것은 분명 독창적인 성취다. 이로써 앞에서 말한 내용, "대상을 구체적으로 드러내려면 진술하면서도 함축적인 표현을 하게 되고 그 결과는 독창적인 창조로 발현된다"라는 명제가 충분히 입증되었음을 확인할 수 있다.

2. 독창성의 비밀

1984년 은사인 미당 서정주 선생의 추천으로 〈물결〉과 〈혼사(婚事)〉가 《현대문학》에 발표되었다. 시인은 이 중 〈물결〉이 더 마음에 드는지 첫 시집의 제목으로 삼고 이 작품을 시집 앞에 배치했다. 시와 산문의 다른 점은 압축성에 있다. 산문으로 길게 이야기할 내용을 압축해서 몇 마디 어구로 나타내는

데 시의 묘미가 있다. 시는 행간에 많은 것을 감추어 두어야 독자에게 흥미를 일으킨다. 직접적인 언술에서 벗어나 감정과 생각을 언어의 형식 안에 압축해 실을 때 제대로 된 시가 탄생한다. 시는 그늘에 피는 야생화와 같아서 감추면 꽃이 되고 드러나면 시들게 된다. 의미의 상당 부분을 감추고 비밀스럽게 한쪽 낌새만을 넌지시 비치는 시가 상상력을 자극하고 사색의 유인력을 갖는다. 〈물결〉과 〈혼사〉는 둘 다 길이가 짧고 언어의 생략에 기반을 둔 비밀의 화법을 유지하고 있는데, 나는 개인적으로 〈혼사〉의 비밀 화법을 더 선호한다. 그것이 그의 독창성을 더 잘 보여 주기 때문이다.

묵은 참깨 한 됫박
좋게 내어서

얼레빗 참빗
짝을 맞추고

시누이 이불 꿰맬
바늘 두어 쌈

시오리 읍내 장터
멀어서 좋다

― 〈혼사〉 전문

지금부터 60년 전 국민소득 70달러 시대 농촌 풍경이다. 딸의 혼사를 앞두고 시오리 길을 걸어 장터에 나가 참깨를 팔아 혼수에 넣을 빗과 바늘을 사서 돌아오는 화자의 모습이다. 이 시의 묘미는 마지막 시행 "멀어서 좋다"에 있다. 왜 멀어서 좋다고 한 것일까? 여기에 시의 비밀이 있고 그 비밀을 풀기 위해 독자는 시의 정인(情人)이 된다. 귀여운 딸이 시집을 가는 것은 기쁘지만 서운한 일이다. 딸을 위해 혼수를 장만하는 것도 즐거우면서도 애틋한 일이다. 딸을 위해 혼수를 마련해 오는 시오리 길이 멀어서 다행이다. 먼 길을 걸으니 시간이 늦게 흐르는 것 같고 딸과 헤어질 시간도 천천히 다가올 것 같다. 결혼한다고 조바심내지 말고 이렇게 여유 있게 천천히 하나하나 준비해 가면 혼사의 그날이 다가올 것이다. 막걸리도 한잔 걸치고 달빛에 돌아오는 시오리 길이 멀어서 오히려 좋은 것이다. 이러한 내용을 말로 서술하지 않고 정황만 몇 가지 보여준 데 시의 묘미가 있다. 그 압축 방법이 시인의 독창적 재능이다. 차마객잔의 조각달과 도라지꽃을 앞의 시처럼 표현한 사람이 윤효 시인밖에 없듯, 시골 혼사의 정황을 이렇게 표현한 사람도 윤효 이전에 없었고 이후에도 없었다.

우리집에서 내 방이
제일 작습니다

우리 네 식구는
이 방에 모여 앉길 좋아합니다

—〈가족〉 전문

이 짧은 시는 또 어떠한가? 이 시는 이 땅의 많은 아버지들을 반성케 한다. 우리의 실제 생활은 어떠한가? 아버지가 들어가면 안방에 모여 있던 식구들이 오히려 흩어진다. 아버지의 권위와 위세를 꺼리기 때문이다. 그런데 이 시의 가족은 정반대다. 비결이 무엇인가? 요체는 시 속에 있다. 시인은 비밀을 풀 열쇠를 시 안에 담아 두었다. "우리 집에서 내 방이/ 제일 작습니다"가 그것이다. 대부분 아버지와 어머니는 집에서 제일 큰 방을 차지한다. 그런데 이 아버지는 제일 작은 방을 쓴다. 그 겸허함과 다정함이 식구들을 불러들인 것이다. 이것은 억지로 되는 일이 아니라 천성이 그러해야 되는 일이다. 시인은 인간사의 제반 관계를 싹 빼고 단 두 문장, 네 줄로 시를 완성했다. 이러한 압축의 창조는 윤효 이전에 없었고 이후에도 없었다. 유사한 시가 또 한 편 있다.

비를 맞으며 세차를 하였습니다.
오가는 이마다 한마디씩 하였습니다.
아랑곳하지 않았습니다.
이등병 아들이 귀대하는 날이었습니다.

—〈세차〉 전문

이런 아버지이니 작은 방에 식구들이 다 모여 그 방을 떠나지 않았음을 충분히 이해할 수 있다. 변변치 않은 혼수를 정성껏 장만하고 시오리 길을 천천히 걸어 돌아오는 아버지, 스스로 작은 방에 거처를 마련하고 가족들과 기탄없이 이야기를 나누는 아버지, 귀대하는 아들을 위해 정성을 다해 차를 청소

하는 아버지. 이들은 모두 시인의 분신이고 시인이 지향하는 존재들이다. 그는 〈시를 위하여 3〉에서 자신의 시론을 간결하게 제시한 바 있다. 마흔여섯에 첫 시집을 냈더니 시집을 읽은 누군가가 "그런 시는 나도 쓸 수 있겠더라"라고 말했다는 것이다. 그 말을 듣고 "아, 됐나 보구나!" 하는 기쁨이 스쳤다고 했다. 이런 마음으로 시를 쓰기에 그의 모든 시가 쉽고 다감하고 아늑하고 깊다. 이 점에서 그는 수미일관하다.

그의 마음이 수미일관한 것처럼 그의 눈길도 수미일관하다. 그가 존경하는 선생님들도 직설적으로 소개하지 않고 한 바퀴 돌려서 은근하게 드러낸다. 은근하게 드러내는데, 앞의 아버지 시가 가슴을 뭉클하게 하는 것처럼 이 시들도 눈물을 자아낸다. 선생님의 모습보다 선생님을 대하는 시인의 자세가, 바라보는 눈길이 눈물을 자아낸다.

〈김영태 선생님〉의 선생님은 시인이 다닌 부적국민학교 6학년 담임 선생님이다. 그분은 풍금을 잘 치지 못하여 음악 수업이 부실했다. 그 점을 잘 아는 그분은 아이들에게 늘 음악책을 갖고 다니게 했다. 옆 반에서 음악 수업을 하면 얼른 음악책을 꺼내게 해서 그 노래를 따라 부르게 지도하셨다. 참으로 어질고 정성스러운 선생님이다. 그 선생님을 잊지 못하는 시인도 어질고 정성스럽다. 시인은 "6학년 때 그렇게 배운 노래들을 30년이 지난 지금도 가장 잘 부릅니다"라고 말한다. 아아, 아침에 이런 학생을 만나면 저녁에 죽을 수 있으리.

휴지를 줍고 계단을 쓸었다
복도에 붙은 껌을 떼고

거미줄을 뗐다

수도꼭지를 고치고
소변기를 닦았다
막힌 대변기를 뚫었다

꽃을 심고 풀을 뽑았다
해진 출석부를 꿰매고
재떨이를 씻었다

교감 할 일이 그렇게 없냐고
수군거렸으나
아랑곳하지 않았다

낙엽 지면 낙엽 쓸고
눈 내리면 눈을 쓸었다

　　　　　　　　　　　　—〈김학표 선생님〉전문

　이 선생님이 상상의 선생님인지 실제의 교감 선생님인지는
중요하지 않다. 학교 안의 온갖 궂은일을 하는 이분이 집에서
가장 작은 방에 거처하는 아버지와 동등하다는 사실이 중요
하다. 이런 점 때문에 시인의 마음과 눈길이 수미일관하다고
말한 것이다. 이 수미일관함은 인위에서 벗어난 자연스러움
과 합체가 된다. 이 시의 끝 두 행 "낙엽 지면 낙엽 쓸고/ 눈 내
리면 눈을 쓸었다"는 그 자연스러움의 수미일관함을 잘 드러

낸다. 학교 안의 궂은일을 도맡아 하는 그분의 활동이 자연스럽고 수미일관하다는 사실을 이 두 행의 간단한 시어로 나타냈다. 마지막을 장식하는 이 평범한 시행은 평상심(平常心)이 곧 도(道)라고 한 선가(禪家)의 가르침을 떠오르게 하는 대목이다. 평상심이 곧 도가 된다고 하는 것은 다음 두 편의 시에서 더 잘 확인할 수 있다.

기차는 좀처럼 서지 않았다

그래도 꽃들은 손수건만 한 뜨락에서 저희들끼리 피고 지곤 하였다.
— 〈그리움 4〉

느티나무 짙은 그늘 속 한 뼘 꽃대들이 꼿꼿하다.
낭자한 매미 울음에도 흔들리지 않는다.

풍문에, 그 계집애는 고향 가까운 곳에서 어린 외손주와 살고 있다고 했다.
— 〈맥문동〉 전문

일체의 사설을 배제한 이 두 편의 시에 많은 사연이 함축되어 있다. 그 사연들은 손수건만 한 뜨락에서 피고 지는 작은 꽃대처럼 사연의 기미만을 내밀고 있을 뿐이다. 그런 생략과 압축의 화법을 한 걸음 넘어 서면 우리는 삶의 진실을 만나게 된다. 기차도 서지 않는 간이역이지만 거기서도 꽃들은 자기

들끼리 사이좋게 살아가고, 사연 많았던 그 계집아이도 느티나무 그늘 속 꼿꼿한 맥문동처럼 어린 외손주를 데리고 굳건히 살아가는 것이다. 이것이 인생이라는 사실을 방관의 화법으로 그러나 수미일관한 따스한 눈길로 간단하면서도 부드럽게 드러냈다. 여기에 윤효 시인의 독창성이 있다.

3. 발견과 전환

시는 압축과 암시로만 완성되는 것이 아니다. 시의 독창성은 새로운 발견과 인식의 전환에서 온다. 발견과 인식의 새로움이 있어야 진정으로 독창적인 시가 창조된다. 가령 다음과 같은 시는 열병합발전소를 소재로 한 것인데 다른 사람은 전혀 생각하지 못했던 새로운 사실의 발견을 시로 표현하여 놀라움을 준다.

> 자기를 버린 사람들에게
> 자기를 태워
> 온기를 되돌려 주고는
> 높다란 굴뚝을 유유히 빠져나와
> 별일 아니라는 듯이
> 뒤도 돌아보지 않고
> 하늘을 향해 뭉게뭉게 날아오르는
> 하얀 영혼을 본다.

어둠이 내리면
목동 열병합발전소 굴뚝 위로 떠오르는
그 별들을 또한 보게 되리라.

                    — 〈성(聖) 쓰레기〉 전문

　목동 열병합발전소는 쓰레기 소각을 겸한 열병합발전소로 초기에 쓰레기 소각에 의해 대기 오염을 일으키는 게 아니냐는 우려가 있었다. 그러나 인접 지역 대기 질 측정 결과 안전한 수준으로 판명되어 그에 대한 의구심은 거의 사라졌다. 그렇다 하더라도 열병합발전소를 윤효 시인처럼 긍정적으로 보는 사람은 많지 않고 더군다나 거기서 소각되는 쓰레기를 성자로 보는 사람은 거의 없다. 그런데 윤효 시인은 〈성 쓰레기〉라는 작품을 썼다. 여기에 벌써 그의 선구성과 독창성이 있다. 이 시에서 쓰레기는 살신성인의 자비행을 실천하는 보살에 해당한다. 자기를 내버린 사람들을 위해 자기 몸을 태워 온기를 되돌려주고는 아무 일 없다는 듯 뒤도 돌아보지 않고 하늘로 날아오르는 "하얀 영혼"은 진정 보살의 화신이다.
　열병합발전소 굴뚝에서 나오는 연기를 의혹의 눈초리로 본 사람은 많아도 "하얀 영혼"으로 본 사람은 없었다. 부처님 눈에는 부처만 보이고 돼지 눈에는 돼지만 보인다더니 윤효 시인 눈에는 모든 것이 보살로 보이는 것 같다. 더군다나 밤이 되면 신령스러운 별이 떠 그 하얀 영혼을 비추어 준다니 보살의 자비행을 축복하는 하늘의 보응까지 그려냈다. 다른 사람이 보지 못한 새로운 각도에서 발전소 굴뚝의 연기를 보았고 그것을 보살로 전환하여 새롭게 표현했으니 이런 발견과 전환이 독창적이라고 말하는 것은 당연한 일이다. 다음의 시는 어떠한가?

　나목 끝에 앉아서 내리는 눈을 한동안 바라보던 작은 새 한 마리가 문득 고개를 몇 번 주억거리더니 나뭇가지를 박차고 날아오르는 것이었다

　일순, 외길 하나가 자욱한 눈발 속으로 또렷이 생기는 것이었다

눈눈눈눈눈눈눈눈눈　눈눈눈눈
눈눈눈눈눈눈눈　눈눈눈눈눈
눈눈눈눈눈눈눈　눈눈눈눈눈
눈눈눈눈눈눈　눈눈눈눈눈눈
눈눈눈눈눈눈　눈눈눈눈눈눈
눈눈눈눈눈눈　눈눈눈눈눈눈
눈눈눈눈눈눈　눈눈눈눈눈눈

　사람의 영혼을 지니고는 갈 수 없는 작은 길이 하늘 속으로 또렷이 열리는 것이었다

— 〈겨울 크로키〉 전문

　이 시는 형태에 시각적인 새로움이 있다. 실험적 시도를 보인 이 시는 형태보다 발상에 새로움이 있다. 가운데 배치된 형상은 눈발 속으로 날아간 새의 자취를 시각적으로 나타낸 것

이다. 새가 날아오르자 "일순, 외길 하나가" 눈발 속에 또렷이 생겨났다고 했으니 그 형상을 형태로 표현한 것이다. 이러한 형태의 배치는 물론 새로운 것이지만 더 중요한 점은 새의 동작과 그것을 둘러싼 정경을 바라보는 시인의 눈길에 있다. 시인은 "내리는 눈을 한동안 바라보던 작은 새 한 마리가" "고개를 몇 번 주억거리더니" "나뭇가지를 박차고" 날아올랐다고 했다. 이 표현에는 시인의 주관이 개입되어 있다. 마치 새가 자연과의 동화(同化)를 꿈꾸는 듯이 내리는 눈을 한참 바라보았다고 했고, 무엇인가를 알아냈다는 듯 고개를 주억거렸고, 더 이상 여기 머물 수 없다는 듯 나뭇가지를 박차고 날아올랐다고 했다. 그다음에 새가 날아간 길을 형태로 나타냈다. 그러니까 이 형태는 새가 날아간 신비로운 외길을 재현하려는 의도에서 배치된 것이다. 그러고는 새의 길을 "사람의 영혼을 지니고는 갈 수 없는" 길이라고 했다. 자연과 동화된 새의 길과 자연에서 분리된 인간의 길은 합치될 수 없다는 뜻이다. 형태의 새로움은 이 인식의 새로움을 표현하기 위한 방편으로 고안된 것이다. 그러니까 중요한 것은 시인의 인식이다. 새로 표상되는 순수한 정신성에 대한 동경을 형상화하고자 한 것이다. 그 인식의 새로움은 다음과 같이 변형되어 표현된다.

나무와 나무 사이
산이 있고
산과 산 사이
열려 있다

환하다

―〈새〉 전문

이 짧은 시 역시 많은 이야기를 담고 있는데 그 함축된 이
야기를 여기서 다시 풀어놓을 생각은 없다. 강조하고 싶은 것
은 새의 길을 "환하다"라고 표현한 대목이다. 나무와 나무 사
이 산이 있고, 산과 산 사이 허공이 있는데 새는 그 환한 허공
을 자유롭게 날아가는 존재라는 뜻이다. 새가 날아가는 환한
허공에 사람이 동행할 수 없다. 새의 영혼과 사람의 영혼이 동
질(同質)이 아니기 때문이다. 인간이 새의 영혼을 따라가려면
자연과 동화된 순수성을 가져야 한다. 눈 내리는 들판을 한참
응시하고 거기서 동화의 기미를 발견하고 고개를 주억거린 다
음 나뭇가지를 박차고 날아오르는 탈속과 초월의 자세가 있어
야 순수의 세계로 갈 수 있다.

그러한 동화의 시선이 육화되면, 어린 감나무 가지에 마르
지 않은 잎이 떨어질 때 야윈 가지 끝이 파르르 떨리는 것(〈애
련(哀憐)〉)을 감지하게 된다. 맑은 여울에 사는 피라미가 물
살 위로 솟구쳐 오를 때 햇빛이 가장 찬란하게 반짝이는 순간
(〈피라미〉)을 보게 된다. 출퇴근 시간에 자주 보던 반포대로
의 유명한 향나무가 안으로 향을 숨기고 "성냥을 그으면 불붙
을 것 같은/ 무간지옥(無間地獄)에 갇혀" 매연 속을 견디고 있
음(〈향나무 한 그루〉)을 발견하게 된다. 이 모든 성찰과 발견
과 전환이 순수한 세계로 가기 위한 수행의 몸짓이다. 눈밭에
새가 날아가는 것을 보고 순수의 표상을 발견하듯 지극히 사소
한 장면에서 진실을 발견해야 순수의 세계에 다가갈 수 있다.

얼음판 위에 발자국들이 어지러이 찍히고 다투어 구멍이
뚫렸다.

이내 환호가 터졌다.

몇 차례, 또 몇 차례 이어졌다.

그리고는 잠잠해졌다.

더 이상 환호가 터져 나오지 않았다.

먼저 끌려 나온 빙어들이 얼음판을 두들겼던 것이다.

온몸을 내던져 두들겼던 것이다
— 〈빙어축제〉 전문

　요즘 지자체에서 군중의 관심을 끌기 위해 생물을 이용한
지역 축제를 많이 벌인다. 빙어 축제도 그중 하나다. 안타깝
게도 이런 축제의 상당 부분이 생명 학대의 성격을 띠고 있다.
강물에 빙어를 풀어 놓고 축제를 벌이니 잡는 사람으로서는
신나는 일이지만 빙어로서는 생사가 달린 극악한 상황이다.
얼음에 구멍을 뚫고 빙어를 잡아 올리면 환호성이 터진다. 그
런데 차례가 거듭될수록 빙어가 잡히지 않는다. 이런 경우 우
리는 빙어가 상황을 파악하고 경계를 한다고 생각한다. 그러
나 시인의 해석은 다르다. 먼저 잡힌 빙어들이 동료들에게 알

리려고 "온몸을 내던져" 얼음판을 두들겼기 때문에 빙어들이 몸을 피했다고 생각한 것이다. 시에는 빙어들이 얼음판을 두들겼다는 말만 나올 뿐 빙어의 의도라든가 동료들의 반응 같은 것은 언급되지 않았다. 그러나 우리는 상상을 통해 시인의 생각을 충분히 유추할 수 있다. 시인은 우리가 유추할 수 있는 단서만 남겨 놓고 나머지는 생략했다. 시적 연상의 자유와 발견의 기쁨을 독자에게 전하기 위해서다. 시인이 상상한 내용을 우리가 다시 발견하여 생명의 신묘한 속성을 스스로 깨닫게 하려는 것이다. 자신은 죽어가지만 동료들에게 위기를 알리려고 마지막 힘을 다해 필사적으로 얼음판을 두들긴 빙어들 역시 살신성인의 보살행을 보인 존재로 상징화된다. 그의 발견과 전환의 시학은 이렇게 사상적 인식의 체계로 발전한다.

4. 비판과 풍자

사상적 인식의 차원에서 세상을 바라보면 잘못된 것을 비판하고 옳은 방향을 제시하는 활동을 하지 않을 수 없다. 직설적으로 비판하지 않고 여유를 가지고 돌려서 비판한다면 풍자의 방법을 사용하게 된다. 타자를 비판하고 풍자하기 위해서는 자신을 반성하는 일이 선행되어야 한다. 자신의 잘못된 점을 먼저 드러내서 반성과 성찰의 자세를 보여주어야 남을 비판하는 일이 정당성을 갖는다.

〈그 일꾼〉은 어릴 때 농토에서 본 일꾼을 소재로 했다. 그는 일을 열심히 할뿐더러 밥도 잘 먹어서 반찬이 있건 없건 꽁보리 고봉밥을 단번에 먹어 치우고 국물도 한 방울 남김없이 싹 말아 치우는 사람이다. 화자는 그 일꾼을 떠올리며 잡다한 세상사에 휘말려 공깃밥 몇 술도 비우지 못하는 자신의 나약함을 반성한다. 육체의 건강함이 정신의 건강함과 합치되는 자연 친화의 삶을 기준으로 거기서 멀어진 자신의 삶을 비판한 것이다. 〈마흔다섯〉은 은사인 미당 서정주 시인의 운을 빌려 불혹의 중반에 이르렀으니 "종잇장 한 장도 가볍게 보지 말라"는 다짐으로 자신을 경계했다. 이 모든 것이 자신을 반성하고 성찰하는 자세다.

〈뜨거운 눈물밖에는〉은 어머니의 모습을 거의 사실 그대로 재현한 것인데, 시상의 전개와 그 행간에 자신에 대한 반성이 기둥을 이루고 있다. 어린애 첫돌을 맞아 시골에서 어머니가 올라오셨다. 며칠 더 묵고 가시라고 했는데도 기제사, 가을걷이 등을 핑계로 바로 내려가셨다. 어머니는 열아홉에 윤씨 가문 종부로 들어오셔서 온갖 일을 도맡아 하셨고 여덟 남매를 키우셨다. "충남 논산군 부적면 부황리"로 내려가시는 어머니를 위해 아들이 해드린 것은 "71열차 2호차 8호석 기차표 한 장 달랑 쥐어드린 것"뿐이다. 시인이 고등학교를 졸업할 때 "아, 우리 집에도 하이칼라가 하나 늘었구나" 하고 좋아하시던 모습을 잊을 수 없다. 어쩌다 시골집에 들르면 "양팔이 휘어지도록" 온갖 반찬류와 아끼시던 세간살이를 들려 주시던 어머니인데, 그분께 해드린 것은 오직 기차표 한 장뿐이다. 시인은 "하행선 기차의 뒷그림자를 보며 쏟아져 내리는 눈물밖에는" 해드린 것이 없다고 탄식한다. 어머니의 은혜에 대한 이러한 반성의 자세가 있었기에 다음과 같은 풍자가 당당히 나올 수 있고 그 풍자가 말발이 설 수 있다.

시래기 한 가닥이라도 더 거두어 먹이려고 팔순 시어머니 손발이 갈퀴 되어 늦가을 밭고랑 헤매시다

겨우내 양념거리 하라고 가지런히 추려 보낸 대파가 며늘네 베란다 구석에서 포대째 바삭바삭 말라가다

—〈소곡(小曲)〉 전문

추석 차례 올리고 아침상 물리자마자 며느리 걸음이 빨라졌다.

그래, 어서 올라가거라.

시어머니가 주섬주섬 음식을 담아 건넸다.

며느리는 마지못해 받아들었다.

며칠 후, 시어머니가 전화를 했다.

봉다리 풀어봤니?

그 돈은 우리 손자 옷이라도 한 벌 사 입히라고 넣은 거란다.

며느리는 할 말을 잃었다.

휴게소 쓰레기통에 버리고 온 그 검은 봉다리가 그렇게 아까울 수가 없었다.

―〈태평가〉 전문

시골의 늙은 시어머니와 도시의 젊은 며느리가 세대 차이와 생활 방식의 차이로 인해 틈이 벌어지는 세태를 인간미 담긴 시선으로 재미있게 그려냈다. 풍자는 풍자이되 질책의 예리함이 있는 것이 아니라 이해의 웃음이 담긴 풍자다. 시골의 어머니는 어머니이기에 그런 행동을 보이는 것이 당연하고 생활이 다른 도시의 며느리는 충분히 그럴 수 있다는 이해의 시선이 따스하다. 세태가 변하고 생활양식이 달라진 것인데 누구를 탓하고 누구를 원망할 것인가. 누구도 꾸짖지 않고 모두를 이해하려는 따스한 마음을 본받고 싶다. 그 마음을 널리 전하고 싶다. 그러려면 윤효 시인의 시를 널리 전파해야 할 것이다. 진정 그러고 싶다.

앞에서 참된 사도(師道)의 길을 보여준 몇 가지 사례를 시로 보여주었다. 그는 또 후배 시인 복효근을 내세워 선생님으로서의 맑은 모습과 생에 대한 깊은 통찰을 시로 그려냈다. 〈남행(南行)〉과 〈통점(痛點)〉이 그것이다. 복효근 시인을 소재로 삼았지만 자신이 추구하는 삶을 그렇게 표현한 것이리라. 스스로 그러한 삶을 추구하고 실천하니 우리의 세태에 대해 다음과 같이 웃음을 머금게 하는 풍자가 가능하고 그 풍자가 효과를 거둔다.

우리나라 프로야구단은
열 개

두산, 삼성, 한화
넥센, 롯데
KIA, KT, LG, NC, SK

우리나라 프로야구단은
세 개
혹은 다섯 개.

— 〈한글날에 2〉 전문

눈은 안과
코는 이비인후과
입은 치과.

천만에,

눈, 코, 입 모두 성형외과.

— 〈음화(陰畫) 6〉

이 두 편의 시는 읽으면 내용을 바로 알 수 있고, 시에 담긴
생각도 한 번쯤은 누구나 해 보았을 내용이다. 그러나 그것을
이렇게 표현한 사람은 윤효 시인이 최초다. 프로야구단 명칭
에 대한 시의 제목이 〈한글날에〉로 된 점이 시적이다. 한글날

에 생각하니 많은 사람들이 애호하는 프로야구단 이름이 온통 외래어로 된 점이 더 걸렸던 것이다. "세 개/ 혹은 다섯 개"라는 표현도 재미있다. 외래어지만 한글로 표기한 명칭과 아예 영문자로 표기한 명칭을 구분한 것이다. 〈음화〉는 짧은 단시 형식의 연작으로 우리 삶의 드러나지 않는 부분을 압축적으로 표현했다. 위의 시는 성형외과에서 눈, 코, 입을 다 뜯어고치는 현실을 풍자한 것인데 군더더기 없는 간략한 형식이 효과를 높인다. 두 작품 모두 이 글의 도입부에서 얘기했던 언어의 경제성과 함축성, 진솔함과 진실성, 삶에 대한 성찰, 개성과 독창성이 결합되어 완성되었다.

윤효 시인을 만난 지가 20년 가까이 되었다. 생활 한복을 단정히 입고 어질고 사려 깊은 눈빛으로 깍듯이 사람을 대하는 모습에 늘 호감을 가졌지만, 사실은 그의 시를 정독하지 못했다. 그의 시집도 받고 동인지《채송화》를 우송 받으면서도 단시(短詩)에 대한 고정된 선입견 때문에 정독하지 않고 서가에 꽂아만 둔 세월이 오래되었다. 이번에 유심작품상 수상을 계기로 그의 시 전편을 숙독하면서 작품의 진가를 새롭게 발견하고 나 자신을 깊이 반성했다. 단정하고 절도 있는 태도 안에 출렁이는 감정의 물살이 흐르고 애환의 수로가 이어지고 있음을 새롭게 발견했다. 그 두 줄기의 개성은 그의 시 양식에 그대로 발현되었다. 그의 시가 지닌 언어의 절제와 함축 속에 인간의 진솔함과 삶에 대한 성찰이 담겨 있고 그것은 시의 개성과 독창성으로 발현되었다. 오세영 시인의 심사평이 한 치의 과장이 없는 사실임을 작품의 독서를 통해 알게 되었으니 정독(精讀)이 곧 정독(正讀)이 된다는 사실도 새롭게 깨달았다.

진정한 문학인이 되고자 하면 정독만이 살 길이라는 교훈을
만인에게 전하고 싶다.

이숭원_nanan303@naver.com
문학평론가. 1986년《한국문학》으로 등단. 저서《매혹의 아이콘》《탐미의 윤
리》《몰입의 잔상》《김종삼의 시를 찾아서》등이 있음. 현대불교문학상, 유심
작품상 수상. 현재 서울여대 명예교수.

문무학

문무학 / 1949년 경북 고령 출생. 대구대학교 대학원 국문과 졸업(문학박사). 1982년《월간문학》으로 시조 등단. 1988년《시조문학》문학평론 전료. 시조집《가을 거문고》《달과 늪》《풀을 읽다》《낱말》《가나다라마바사》시선집《벙어리뻐꾸기》 등 다수. 현대시조문학상, 유동문학상, 대구시조문학상, 윤동주문학상, 이호우시조문학상 등 수상. 영남일보 논설위원 등 역임. mhmun7867@hanmail.net.

그전엔 알지 못했다

희미하다 어둑했고, 어둑하다 캄캄했다
네게로 갈 수 없고 내게로 올 수 없어
그전엔 알지 못했다 오가는 게 삶인 걸
마주 앉아 웃으며 국밥을 말아 먹던
혀가 자꾸 떠올리는 그 때 그 곳 그 맛을
그전엔 알지 못했다 함께 함이 기쁨인 걸
반가운 널 만나도 악수하지 못하고
주먹 쥐는 이 마음이 이리도 쓰린 것을
그전엔 알지 못했다 네가 곧 내 힘인 걸
침 튀기며 해야 할 말 마스크로 막고 보니
그 때 그 말 아낀 것이 이리도 서러울 줄
그전엔 알지 못했다 말이 곧 나눔인 걸

— 《시절가조, 시절을 노래하다》(2020, 대구시조시인협회)

코로나19 이전 시대를 반성하다

지금 우리는 혹독하게 겪고 있다. 견디고 있다. 지구촌을 휩쓸고 있는 코로나19 대유행과 경기 침체에서 벗어나기 위해 안간힘을 쓰고 있다.

우리 시대, 고난의 터널을 지나면서 많은 시인들은 역사적 책무 인식으로 창작에 임했고 코로나19 시대의 종식을 간절하게 소망한다. 문무학 시인의 〈그전엔 알지 못했다〉도 그중 한 편이다. 대구시조시인협회가 코로나19를 소재로 발행한 회원 시조집 《시절가조, 시절을 노래하다》에 실린 시조다. 그렇다고 하더라도 코로나19를 직접 호명하여 격문을 쓰듯 핏대 세우지 않는다. 지나온 삶을 되짚어보며 깨달음을 주고 있다.

부즉불리(不卽不離)

붙어 있는 것도 아니고 떨어져 있는 것도 아닌 코로나19 방역 수칙 같은, 우리 삶의 잠언 같은 서정성 짙은 시조 율격으로 네 수 연작에 담았다.

"희미하다 어둑했고, 어둑하다 캄캄했다"

〈그전엔 알지 못했다〉 첫 수 초장이다.

'시의 첫 문장은 신이 준 선물이다'라는 말이 있듯이 문무학의 이 시조 첫 문장은 코로나 소재가 아니었다면 연애시로 읽어도 손색없겠다. 자기 성찰의 시로 읽어도 사유 깊게 읽히겠다. 그리고 각 수의 종장에 "그전엔 알지 못했다"라고 반복 리듬을 탄다. 무엇을, "오가는 게 삶인 걸" "함께 함이 기쁨인 걸" "네가 곧 내 힘인 걸" "말이 곧 나눔인 걸" 그전엔 알지 못했다는 것이다. 코로나19로 삶의 고통을 겪기 전에는. 예전에 알지 못했던 것을 이제 알고, 자신의 삶을 돌아보는 것. 그것이 우리 삶이 아니겠는가. 시대를 증언하는 기록이 아니겠는가.

문무학은 한국 시조단뿐 아니라 한국문단에 소중한 시인이다. 한글 자모(子母)를 시로 쓴 유일한 시인이다. 문무학 시인은 "한글 자모 시를 읽고 싶었고, 그래서 시를 썼다."고 했다. 한글자모시집《가나다라마바사》를 2020년에 발간했다. 문장부호와 품사를 시조로 써서 시집을 냈다. 문무학 시인의 작업은 계속 확장되어 시조문학의 새로운 지평을 열어갈 것을 기대하며. 유심작품상 수상을 진심으로 축하드린다.

심사위원 / 구중서, 박시교, 신달자, 오세영, 이근배, 김영재(글)

꽃 밑 글자가 곧……

"바람도 없는 공중에 수직의 파문을 내이며, 고요히 떨어지는 오동잎은 누구의 발자취입니까." 정말 알 수 없었던, 〈알 수 없어요〉를 홍얼거렸던 날이 떠오릅니다. 아마 중학생 시절이었을 것입니다. 가을날 볏단을 실은 소를 몰면서 들판에서 외웠던 '누구의 ~입니까'로 반복되는 이 시가 내 삶의 화두가 될 것임을 알지 못했습니다.

시조를 쓰는 시인이 되기 전에 삼중당 문고 《님의 침묵》(1976년 중판본) 부록 시조 편에서 "따슨 빛 등에 지고 유마경(維摩經) 읽노라니/ 가벼웁게 나는 꽃이 글자를 가리운다/ 구태여 꽃 밑 글자를 읽어 무삼하리오." (두 수 중 첫째 수)라는 〈춘주(春晝)〉를 만나기 전에는 시조 석 줄이 껴안는 품이 이리도 넓은 것임을 알지 못했습니다.

시조를 쓰는 시인이 되어 무엇을 써야 하는가를 오래 고민하다가 낱말 그 자체를 소재로 삼으면서, "가갸로 말을 하고 글을 쓰셔요. 혀끝에서 물결이 솟고 붓 아래에 꽃이 피어요. 그 속엔 우리의 향기로운 목숨이 살아 움직입니다."라는 〈가갸날에 대하여〉(동아일보, 1926. 12. 07)를 만나기 전에는 한글이 지닌 높은 격을 다 알지 못했습니다.

독립운동가, 불교사상가, 시인 만해 선생님을 이렇게 만났습니다. 세 편의 시가 연이 된 것입니다. 생의 화두를, 시조의 너른 품을, 한글의 높은 격을 제게 진즉 깨우쳐주셨습니다. 세상의 모든 궁금증을 격 있는 문자로 시조 속에 갈무리해야 했지만, 다른 곳을 기웃거리기도 하고 비틀거리기도 하면서, 나를 바쳐야 할 곳임을 알지 못했습니다.

수상작 〈그전엔 알지 못했다〉가 〈알 수 없어요〉를 많이 좇아가고 싶었나 봅니다. 견강부회(牽强附會)라는 말이 있긴 합니다만, 정말 우연이 아니다 싶은 생각을 버리고 싶지 않습니다. 수상의 기쁨을 숨기지 않으면서 여기선 그런 억지라도 마구 부리고 싶습니다. 나도 모르게 먼 곳에서 내 길을 이끌어주신 님이 진정 내 님인 것을 알지 못했습니다.

만해사상실천선양회가 있어 알아야 할 것을 알게 되었습니다. 만해 사상이 가벼워지기만 하는 속세를 지그시 누르게 될 것도 믿게 되었습니다. 심사위원 선생님들께 '고맙습니다'라고 쓴 글자를 꽃잎으로 덮으며 고백합니다. 님은 〈춘주〉에서 "구태여 꽃 밑 글자를 읽어 무삼하리오." 하셨는데, 그 꽃 밑 글자가 곧 시라는 것을 알지 못했습니다.

문무학

한글 자모 시로 읽기 · 25 등 5편
— 겹닿소리 ㄲ

'ㄲ'이 꾸며내는 글자 중의 글자로 알록달록 피어나 곱디고
운 '꽃' 자 있지만 요새 나는 이래저래 두 눈 뜨고 차마 못 볼 꼴
사납단 '꼴' 자에 더 끌린다.

애시당초 내 삶이 꽃에서는 멀고 멀어 언감생심 꽃자리를
꿈꾼 적도 없지만 꼴에 또 살아온 게 꼴값 떤 건 아니라고 꿀
꺽꿀꺽 침 삼키며 되뇌고 있는데 꿈틀꿈틀 자존심이 아니지
아니지 말고 불쑥불쑥 추임새로 부추겨 주는데도 꾸역꾸역 목
구멍을 치밀어 오는 말이 꼴값 맞아 꼴값 맞아 맞장구를 치고
있어 꾹꾹 재운 세월 몇 장 침 묻혀 들춰보니 아무리 내 얼굴
에 철판을 간다 해도 꼴값 떤 게 아니라고 끄덕일 수 없으니

꼴값도 꼴값 같잖게 떨고 만 것 같아라.

—《정형시학》 2019년 여름호

뜻밖의 낱말 · 7
― 절경

능성1길 그 골목을 유모차로 가는 할머니

"안녕하세요."

인사하면 볼 주름 깊게 파서

"누궁고, 모리겠는데 인사해죠, 고맙소."

— 웹진《공정한 시인의 사회》(2020)

뜻밖의 낱말·18
— 일흔

일흔 나이에는 '나'란 말 잊어야 한다.
아쉽고 서럽고 분하고 안타까워도

잃은 듯
살아가라고
그러라고 일흔이다.

— 《열린시학회 동인지》(2020)

뜻밖의 낱말 · 20
– 인생의 주소

젊을 적 식탁에는 꽃병이 놓이더니
늙은 날 식탁에는 약병만 줄을 선다.

아! 인생

고작 꽃병과 약병
그 사이에 있던 것을…….

—《정형시학》 2020년 겨울호

뜻밖의 낱말 · 28

— 코비디보스*

사람은 말을 하고 짐승은 소리 지른다
남자의 큰 소리 여자의 잔소리는
말 아닌 소리가 되어 짐승이 되게 한다.

사람은 집에 살고 짐승은 동굴에 산다
여자의 잔소리 남자의 큰소리는
사람이 살아가는 집 동굴이 되게 한다.

잔소리와 큰소리는 섞이는 게 아니라
잔 것은 잔 것대로 큰 것은 큰 것대로
제 갈길 가고 말아서 메아리가 없어진다.

* Covid-19와 이혼(Divorce)의 합성어. 사회적 거리 두기와 재택근무
  확대로 이혼이 증가한 것을 반영한 신조어.

— 《시조21》 2021년 봄호

청보리 등 10편

도라지꽃빛 입술로 봄을 씹던 누부야
앞들 논 서 마지기 보릿골 이랑마다
긴긴 해 허기를 묻고 꿈을 캐고 있었제.

꽃불타던 산허리 뻐꾸기 봄을 울면
아지랑이 아물아물 나른한 한나절을
누부야 청보리같이 그래 살고 싶었제.

—《시조문학》1983년 여름호

지평선

내가설사거기까지혼신으로갔다해도너는또그만큼을

물러서서바라보며팽팽한거리를두고영원하는신기루

— 시조집 《설사 슬픔이거나 절망이더라도》(1989)

비비추에 관한 연상

만약에 네가 풀이 아니고 새라면
네 가는 울음소리는 분명 비비추 비비추
그렇게 울고 말거다 비비추 비비추

그러나 너는 울 수 없어서 울 수가 없어서
꽃 대궁 길게 뽑아 연보랏빛 종을 달고
비비추 그 소리로 한번 떨고 싶은 게다 비비추

그래 네가 비비추 비비추 그렇게 떨면서
눈물 나게 연한 보랏빛 그 종을 흔들면
잊었던 얼굴 하나가 눈 비비며 다가선다.

― 시조집《눈물은 일어선다》(1993)

달과 늪
― 우포에서

고
랐
올
떠
멋
슬
치
만
저
은
달
늪 은
　끝
　모
　르
　게
　슬
　쩍
　갈
　앉
　았
　다
은근하게 달빛이 늪의 안을 헤집지만
끝 모를 그의 깊이는 드러나지 않는다.

― 시조집 《달과 늪》(1999)

중장을 쓰지 못한 시조, 반도는

내쳐서 삼천리를 다 못 가고 마는 땅

. . . .

가다가 뚝 끊긴 길 끝에 이념만이 선명한

* 〈중장을 쓰지 못한 시조, 반도는〉은 허리 잘린 반도처럼 허리 없는 시
조다. 통일이 되면 반도의 허리도 내 시조의 허리도 온전해질 것이다.

— 시선집 《벙어리뻐꾸기》(2001)

문장부호 시로 읽기·2
－?

물음표는 사람의 귀, 귀를 많이 닮아 있다
물어놓고 들으려면 귀 있어야 된다는 듯
보이지 않는 쪽으로
그 언제나 열려 있다.

물음표는 낚싯바늘, 낚싯바늘 그것 같다
세상 바다 떠다니는 수도 없는 의문들
그 대답 물어 올리려
갈고리가 된 것이다.

물음표는 그렇다 문명의 근원이다
그 숱한 궁금증을 하나하나 풀어낸
인간의 역사는 본디
의문을 푼 내력이다.

— 《시조세계》 2008년 봄호

낱말 새로 읽기·13
– 바다

'바다'가 '바다'라는 이름을 갖게 된 것은

이것저것 가리지 않고 다 '받아' 주기 때문이다

'괜찮다'

그 말 한마디로

어머닌 바다가 되었다.

— 《시조세계》 2007년 여름호

품사 다시 읽기·2
― 조사

1

애당초 나서는 건 꿈꾸지도 않았다
종의 팔자 타고 나 말고삐만 잡았다
그래도 격이 있나니 내 이름은
격조사.

2

이승 저승 두루 이을 그럴 재준 없지만
따로따로 있는 것들 나란히 앉히는 난
오지랖 오지게 넓은 중매쟁이
접속조사.

3

그래 나를 도우미로,
불러라 그대들이여
내 있어 누구라도 빛날 수만 있다면
피라도 아깝다 않고 흘리리라
보조사.

― 시집 《낱말》(2009)

탑

한 번도 거꾸로 서 본 적
　　　없다

　　佛
　　타
　　미
　　나
　　미
　　아
　　무
　　나

　　　　　　　　— 시집《풀을 읽다》(2004)

우체국을 지나며

살아가며 꼭 한 번은 만나고 싶은 사람
우연히 정말 우연히 만날 수 있다면
가을날 우체국 근처 그쯤이면 좋겠다

누군가를 그리워하기엔 우체국 앞만 한 곳 없다
우체통이 보이면 그냥 소식 궁금하고
써놓은 편지 없어도 우표를 사고 싶다

그대가 그립다고 그립다고 그립다고
우체통 앞에 서서 부르고 또 부르면
그 사람 사는 곳까지 전해질 것만 같고

길 건너 빌딩 앞 플라타너스 이파리는
언젠가 내게로 왔던 해묵은 엽서 한 장
그 사연 먼 길 돌아와 발끝에 버석거린다

물 다든 가로수 이파리처럼 나 세상에 붙어
잔바람에 간당대며 매달려 있지만
그래도 그리움 없이야 어이 살 수 있으랴.

—《시조문학》2008년 봄호

밤, 가을은

둥지에 묻은 사유 초롱초롱 눈을 뜨고
해묵은 가지 끝에 흐르는 별빛들이
이 밤엔 그리움 하나로 차돌처럼 익는다.

윗녘엔 산도 있어 계곡 메운 물소리가
얼마쯤 흘러가다 머무는 언저리에
차라리 내일로 향한 잎 하나를 떨군다.

마음밭 이랑마다 뒤척이는 꿈을 묻고
허전히 가을밤을 가고 있던 생각들이
등심지 돋운 별빛에 하얗게 타고 있다.

―《월간문학》1982년 12월호

자술연보

경력

- 1949년 경북 고령 낫질 저전리에서 태어남

- 1969년 경북 고령, 대구광역시 초등교사(~1991년).

- 1981년 한국방송통신대학 초등교육과 (초급과정) 졸업

- 1983년 한국방송통신대학 행정학과 (전문과정) 졸업

- 1984년 '오류' 동인 활동(~1994년).

- 1985년 한국방송통신대학 행정학과(학사과정) 졸업.

- 1987년 대구대학교 대학원 국어국문학과 석사 졸업

- 1988년 가야대학교, 경일대학교, 대경대학교, 영남대학교, 대구대학교, 한국방송대학교 강사, 겸임교수, 초빙교수 역임 (~2013년).

- 1991년 영남일보 논설위원(~2005년).

- 1995년 대구대학교 대학원 국문학과 졸업(문학박사).

- 1997년 대구시조시인협회 회장(~2003년).

- 2006년 대구문인협회 회장(~2008년), 대구시민예술대학 학장 (~2007년).

- 2009년 한국시조시인협회 부이사장(~2011년).

- 2010년 한국예총 대구광역시연합회 회장(~2013년).

- 2011년 대통령 직속 사회통합위원회 대구지역협의회의장(~ 2013년).

- 2013년 대구예술발전소 운영위원장(~2013년), 대구문화재단 대표이사·문화시민운동협의회 회장(~2015년).

- 2016년 학이사 독서아카데미 설립, 원장(~현재).

- 2017년 대구동구문화재단 상임이사(~2018년)

- 2019년 대구수성한국지역도서전 조직위원장(~2020년).

수상
- 1999년 제11회 현대시조문학상, 제17회 대구문학상 수상.

- 2000년 제1회 유동문학상 수상

- 2003년 제6회 대구시조문학상, 한국방송대학교 자랑스러운 방송인 대상 수상.

- 2007년 미국 캘리포니아 새크라멘토시 시장공로상과 감사장, 명예시민증 받음.

- 2009년 제25회 윤동주문학상, 제29회 대구광역시 문화상(문학부분), 제19회 이호우 시조문학상 수상.

- 2011년 일본 궁성현예술인협회 감사장, 자랑스러운 대구대학교인 대상.

- 2012년 중국 연변 민족시문학상 수상. 대한민국 체육훈장 거상장 수훈.

- 2013년 한국예술문화단체총연합회 예술대상, 대구대학교동창회 자랑스러운 동문상, 자랑스러운 고령군민상 수상.

- 2015년 대구예술대상 수상.

- 2020년 경북예술상 특별상 수상.

시집, 학술저서
- 1983년 《가을 거문고》(대일출판사) 출간.

• 1989년 《설사 슬픔이거나 절망이더라도》(백상) 출간.

• 1993년 《눈물은 일어선다》(그루, 한국문화예술진흥원 발간비 지원 작품집) 출간. 이 시집의 〈풀과 나무〉로 제11회 '현대시조 문학상' 수상

• 1997년 《시조비평사》(대일출판사), 《큰 삶을 위한 작은 지혜》 (이상사) 출간.

• 1998년 《문학사전》(이상사) 출간.

• 1999년 《달과 늪》(만인사) 출간. 이 시집으로 제17회 대구문 학상 수상. 이 시집의 〈그 여자〉로 제1회 유동문학상 수상.

• 2001년 우리시대 현대시조 100인선 《벙어리뻐꾸기》(태학사) 출간. 이 시집의 〈중장을 쓰지 못한 시조, 반도는〉이 고등학교 《문학》교과서(동아출판)에 실림, 《세계 명문장 해설집》(위 책 《큰 삶을 위한 작은 지혜》 개정판) 출간.

• 2004년 《풀을 읽다》(만인사) 출간. 이 시집의 〈잠 – 코의 시 간〉으로 제6회 대구시조문학상 수상.

• 2009년 《낱말》(동학사)이 한국문화예술위원회 문예진흥기금 으로 발간됨. 이 시집의 〈품사 다시 읽기〉 9편, 〈문장부호 시로 읽기·2 물음표〉 등 10여 편이 중고등학교 검인정 교과서에 실

림. 이 작품집으로 제25회 윤동주문학상 수상.

- 2010년 《지혜보다 밝은 눈이 어디 있으랴》(이상사) 출간. 고시조 해설집 《사랑이 어떻더니》(학이사) 출간. 이 책의 〈수박같이 두렷한 님아〉 해설이 중학 국어 3-1 자습서와 평가문제집에 실림.

- 2011년 《예술의 임무》(학이사) 출간.

- 2012년 《예술이 약이다》(학이사) 출간.

- 2013년 선집 《ㄱ》(시와반시) 출간.

- 2015년 《홑》(학이사) 출간.

- 2017년 《누구나 누구가 그립다》(학이사), 《왜! 문화인가》(학이사) 출간.

- 2020년 한글자모시집 《가나다라마바사》(학이사), 《내가 있는 삶을 위한 반려도서 레시피》(학이사), 《내가 있는 삶을 위한 반려도서 갤러리》(학이사) 출간.

연구서지

이근배 〈시가 있는 아침 〈비비추에 관한 연상〉〉〈중앙일보〉
    2000. 8. 11.

기태완 〈실험, 시대정신과 일상의 삶〉 우리시대 현대시조 100인
    선《벙어리뻐꾸기》태학사. 2001.

김용락 〈시와 함께 하는 오후 〈지는 꽃 앞에서〉〉〈매일신문〉
    2002. 11. 6.

서정윤 〈시와 함께 하는 오후 〈꽃이 말하다〉〉〈매일신문〉 2004.
    5. 4.

강현국 〈시와 함께 〈반뼘의 가을〉〉〈매일신문〉 2004. 9. 8.

이종암 〈시로 여는 세상 〈가시연꽃〉〉〈경북매일〉 2004. 10. 12.

이지엽 〈집중조명, 문무학의 시조 세계, 재미성의 시학〉《유심》
    2004년 여름호.

김민정 〈시의 향기 〈복수초에게〉〉〈국방일보〉 2005. 2. 7.

구석본 〈시와 함께 〈지는 꽃 앞에서〉〉〈매일신문〉 2006. 9. 20.

김민정 〈시의 향기 〈비밀번호〉〉〈국방일보〉 2006. 12. 5.

박기섭 〈목요시조산책 〈구불텅소나무〉〉〈매일신문〉 2007. 2. 15.

홍성란 〈낱말 새로 읽기 5-어슴푸레〉〈불교신문〉 2007. 8. 22.

김석준 〈시의 얼굴, 그 다양성과 변주〉《현대시》 2007. 6.

추창호 〈다양한 풍경 속에 나타난 시조의 미학〉《두레문학》 2007
    년 하반기.

박영교 〈이미지 구사력과 시인의 개성〉《새시대시조》 2007년 가
    을호.

원용문〈시조박물관〉《월간문학》2007.12.

김기문〈시로 보는 세상〈그냥〉〉〈서라벌신문〉2007.12.31.

김민정〈시가 있는 병영〈암각화 앞에서〉〉〈국방일보〉2008.
1.28.

김민정〈시가 있는 병영〈비비추에 관한 연상〉〉〈국방일보〉
2008.7.21.

권순진〈낱말 새로 읽기 8-그냥〉〈대구일보〉2008.10.9.

정경은〈전위와 후발대의 조화〉《시조문학》2008년 봄호.

추창호〈낱말 속의 비밀 찾기와 퓨전 문학〉《두레문학》2008년
하반기호.

김석준〈문자의 제의: 기호와 낱말의 상상적 읽기〉《낱말》2009.
6.

김덕룡〈우리말 멋, 맛 제대로 표현〉〈대구신문〉2009.7.4.

권순진〈권순진의 맛있게 읽는 시,〈낱말 새로 읽기 19-좆〉〉〈대
구일보〉2009.7.6.

이은경〈희로애락의 수많은 말과?!" "〉〈영남일보〉2009.7.6.

장정은〈특집 인터뷰-무학과 재학전〉〈대구문화예술신문〉
2009.7.7.

조두진〈해체하고 재조립한 낱말과 인생……〉〈매일신문〉2009.
7.8.

김덕룡〈와이드 인터뷰-마음의 평수 넓히는 삶 살길〉〈대구신
문〉2009.7.15.

이경철〈낱말 새로 읽기 7-섬〉〈중앙일보〉2009.7.16.

송재학〈송재학의 시와 함께〈품사 다시 읽기 6-형용사〉〉〈매
일신문〉2009.7.27.

전연희 〈이 한 편의 시조 〈낱말 새로 읽기 8 - 그냥〉〉 〈국제신문〉
　　　2009. 8. 21.

남춘미 〈시적 언어의 물질성이 주는 유쾌함〉 〈경일대신문〉
　　　2009. 9. 9.

정공량 〈전통의 서정성과 현대성 교합의 확장시조〉 《시선》 2009
　　　년 가을호.

조두섭 〈기호와 낱말의 전략적 오독과 주체의 타자성과 타자의
　　　주체성 발견〉 《시조세계》 2009년 가을호.

이진홍 〈낱말 새로 읽기 혹은 존재 깨워 내기〉 《열린시학》 2009
　　　년 가을호.

이종문 〈창조적 오독, 유쾌한 범죄 행위〉 《나래시조》 2009년 가
　　　을호.

신재기 〈시적 언어의 물질성이 주는 유쾌함〉 《스토리문학》
　　　2009. 9.

김민정 〈시가 있는 병영 ‘읽’ 자를 읽다〉 〈국방일보〉 2009.
　　　10. 26.

한분순 〈제19회 이호우시조문학상 심사평〉 제1회 이호우·이영도
　　　오누이 시조문학제, 2009. 11. 13.

오영수 〈낱말과의 밀회〉 《대구문학》 2009년 겨울호.

신웅순 〈문무학론〉 《한국시조창작원리론》 푸른사상, 2009.

박희정 〈문무학〉 《우리 시대 시인을 찾아서》 알토란. 2013.
　　　〈스토리텔링 초대석〉 《스토리텔링》 2013년 여름호.

정수자 〈우체국을 지나며〉 〈조선일보〉 2013. 10. 19.

최도선 〈사회구조의 모순과 도덕의 해체를 바라보는 시선〉 《시
　　　와 표현》 2016. 6.

김지혜 〈대구 경북의 문인 1. 문무학 시인〉 〈대구일보〉 2016. 6. 8.

박진임 〈슬픈 자화상과 석 줄의 행간〉 《열린시학》 2016년 여름호.

장정애 〈이 한 편의 시조 〈맷돌〉〉 〈국제신문〉 2016. 12. 21.

신웅순 〈현대시조 이야기-문무학 편〉 《서예문인화》 2017. 1.

박명숙 〈2000년대 시인 작품일기 〈같은데 다르다〉〉 《시조21》
　　　　2017년 여름호.

김남이 〈낱말과 예술과 자연에 던지는 그리운 삶의 노래〉 《문화
　　　　비평》 2017년 가을호.

엄경희 〈현대시조의 아름다움을 찾아서(1) 숙명과 놀아보는 유
　　　　연함 〈꽃댕강나무〉〉 《시와 표현》 2017. 4.

김연동 〈봄날〉 《가슴에 젖은 한 수》 경남, 2017.

이종문 〈가을, 꿈 하나〉 〈중앙일보〉 2017. 11. 30.

김일연 〈김일연이 읽은 단시조 19 – 문무학 〈불경기〉 《시조21》
　　　　2017 겨울호.

신보경 엮음 《국어교과서여행》 스푼북, 2018.

김아란·박성우 엮음 《국어교과서 작품 읽기》 창비, 2018.

이정환 〈세상의 모든 시조〉 《세상의 모든 시조》 2019. 6. 27.

박진임 〈시조는 언어예술이며 철학이며 역사다〉 《문학청춘》
　　　　2019년 가을호.

민병도 〈한글 자모 시로 읽기 31 – 겹홀소리, ㅒ〉 《대구문학》
　　　　2019. 8.

박진임 〈시대를 밝히는 호롱불 같은 시〉 《시조정신》 2019년 하반
　　　　기호.

우은진 〈서정적인 것의 현실, 현실을 위한 서정〉 《서정과 현실》
　　　　2019년 하반기호.

한상갑 〈시인의 천형(天刑) 88개의 그리움《누구나 누구가 그립다》〉〈매일신문〉 2017. 9. 9.

백애송 〈시인연구-전통과 현대성으로 풀어낸 삶의 철학〉《시조시학》 2019년 겨울호.

노진실 〈한글 자모에 녹아 있는 삶, 시로 맛보다〉〈영남일보〉 2020. 3. 26.

김정수 〈김정수의 시조 산책 〈봄비〉〉〈경상일보〉 2020. 5. 6.

남지민 〈한글자모에 세상을 담은 시적 실험〉《문장》 2020 여름호.
〈이 시대의 창작 산실〉《월간문학》 2020. 7.

이정환 〈한글 자모 시로 읽기 15-홀소리, ㅏ〉〈대구일보〉 2020. 8. 27.

이정환 〈뜻밖의 낱말 9 – 꿈꾸다〉《대구문학》 2020. 9.
〈출향문인초대석〉《고령문학》 2020. 10.

김용주 〈시인이 시조로 불러낸 한글 자모 55자〉〈매일신문〉 2020. 11. 22.

김남이 〈살뜰히 바라보고 알뜰히 사랑한 흔적, 시집《가나다라마바사》〉《사람의 문학》 2020년 여름호.

신항섭 〈시조와 미술의 만남 – 큐비즘으로 그려낸 이데올로기의 해체〉《정형시학》 2020년 겨울호.

정화섭 〈초대석, 유쾌한 반역자 문무학 시조시인을 만나다〉《대구문학》 2021. 1.

장정옥 〈기획 특집 – 삶의 언어에서 언어의 삶으로〉〈경북매일〉 2021. 1. 27.

*등단 이후~2000년 7월 이전의 연구서지는 시조선집《벙어리뻐꾸기》 태학사, 2001 참조.

거룩한 정관, 염연한 풍격

홍성란

'바다'가 '바다'라는 이름을 갖게 된 것은
이것저것 가리지 않고 다 '받아' 주기 때문이다
'괜찮다'
그 말 한마디로
어머닌 바다가 되었다

바다와 어머니

"'바다'가 '바다'라는 이름을 갖게 된 것은// 이것저것 가리지 않고 다 '받아'주기 때문이다// '괜찮다' // 그 말 한마디로// 어머닌 바다가 되었다." 이런 일상의 말이 그대로 문무학의 대표 시가 되었다(〈낱말 새로 읽기·13 — 바다〉). 이 시조는 교과서에 실리고 서울 시청역 스크린도어에 게시되고 해안 도시 여기저기 서 있다.

문무학은 1949년 경북 고령 낫질 저전리에서 출생, 대구에서 초등교사를 지내고 여러 수학 과정을 거쳐 대구대학교 대학원에서 국문학을 전공한 문학박사가 되었다. 《시조문학》추천(1980~1981)으로 등단한 이후 시인으로서 《가을 거문고》(1983)를 시작으로 한글자모시집 《가나라다마바사》(2020)에 이르기까지 아홉 권의 시조집과 선집 《벙어리뻐꾸기》(2001)와 《ㄱ》(2013)을 펴냈다. 아울러 〈시조, 그 전통의 계승과 시대정신〉(1988), 《시조비평사》(1997)로 시조문학사에 연구와 창작의 성과를 제시한 평론가로 국문학자로서 그 공로를 들어 올릴 수 있다.

공로도 공로지만 시인은 무엇보다 시로 말해야 한다. 시는 시인을 말한다. 글머리의 '바다'는 한마디로 이것저것 가리지 않고 다 받아주는 거라고, 어떤 조탁도 과장도 없이 참신하고 자연스럽게 핵심을 드러내고 있다. 이렇게 대상을 적확하게 파악할 수 있다는 건 시인의 흔들리지 않는 정신의 응집이 있기에 가능하다. 이 아름다운 '바다'를 눈으로 읽고 마음으로 읽고 소리 내어 읽는다. 그런데 '바다'에서 시인은 바다를 말하고 싶었던 걸까.

한평생 흙 읽으며 사셨던 울 어머니
계절의 책장을 땀 묻혀 넘기면서
호미로 밑줄을 긋고 방점 꾹, 꾹 찍으셨다

꼿꼿하던 허리가 몇 번이나 꺾여도
떨어질 수 없어서 팽개칠 수 없어서
어머닌 그냥 그대로 호미가 되셨다.

　　　　　　　　　　　　　　— 〈호미로 그은 밑줄〉

'대구문학관 지역작가 소개 프로젝트 작가의 서재 문무학 편'을 본다. 그를 작가의 길로 들어서게 한 두 사람이 있었으니, 초등학교 2·5·6학년 때 담임교사와 어머니. 담임선생님은 일기 쓰기와 동시 짓기 숙제를 자주 내셨고 교장 선생님께 데려가 글 잘 쓴다고 칭찬도 해주셨다. 어머니는 문맹자였다. 어린 아들이 글을 읽기 시작하면서부터 밤마다 바느질할 때 소리 내어 책을 읽으라 했다. 책이 없어 교과서만 읽어드렸다. 어린 아들 책 읽는 소리가 듣기 좋았다. 머리를 쓰다듬고 등 두드려주며, 엉덩이 두드려주며 내 새끼 장하다 칭찬하셨다. 잘나고 못난 아들의 모든 것을 괜찮다, 괜찮아 다 받아주셨다, 바다처럼. 어머니. 밤에는 바느질로 눈이 흐리고, 낮에는 밭고랑에 엎드려 호미질로 허리가 굽으신 어머니. 계절의 책장이 넘어가듯 그냥 호미가 되어 버린 어머니의 일생도 넘어갔다. 눈에 보이는 대로 우러나는 대로 숨김없이 드러낸 진실한 정경. 어머니라는 핵심을 이 이상 어찌 생생하게 이를 수 있을까. 시조 의미의 핵심은 종장에 있듯이, 글머리의 시에서도 이 시에서도 시인이 정작 노래하고 싶었던 것은 어머니다. 어머니의 사랑이다.

한 사람, 진인을 만나다

입지전적 인물이라는 말이 있다. 종종 들어온 말이다. 전쟁과 궁핍의 20세기를 건너온 보통 사람들의 이야기가 대체로 그렇다는 것이다. 입지(立志)가 어떠했고 어떠한 실천(實踐)

을 이루었는가는 출발보다는 도정(道程) 그리고 오늘이 말해준다. 이 글을 준비하며 나는 한 사람을 만났다. 민족의 숨결을 담아온 그릇, 시조라는 형식을 온전히 보존·보전해가고 있음을 참으로 "거룩한 일"이라 천명(闡明)한 사람. "문화국 예술광역시 문학구 시조로 3-6(《누구나 누구나가 그립다》)". 맨처음 한국 정형시의 주소를 알아낸 시조시인 문무학. 그를 진인(眞人)이라 하면 어떤가. 나는 이 글을 준비하며 한글로써 겨레의 시, 시조로써 '문자의 제의'(김석준)를 펼쳐 보인 '언어철학자'(박진임) 문무학을 만났다.

그는 왜 진인인가. 나는 그의 유심작품상 수상소감에서 〈가갸날에 대하여〉라는 만해의 시가 있음을 처음 알았다. 만해사상실천선양회의 존재 당위를 말하는 수상자는 처음 만났다. 만해 사상이 "가벼워지기만 하는 속세를 지그시 누르게 될 것"이라는 결코 가볍지 않은 사유를 처음 만났다. 2000년대 후반부터 시작한 그의 한글 관련 시 쓰기는 《낱말》과 《가나다라마바사》에서 나아가 2020년부터 시작한 연작 '뜻밖의 낱말'로 이어지는데 이는 "만해 선사께서 1926년 12월 7일 〈동아일보〉에 발표한 시 〈가갸날에 대하여〉를 뒤따르는 일"이라 했다.

그는 진인이다. 시인으로서 문학과 인생의 넓고 깊은 진리를 깨달아 실천하고 있다면 그 또한 진인이다. 초등교사 5년의 의무기한을 마치고 문학에 투신한 시인. 후학의 증언에 따르면 누구에게나 친절하고 따뜻하게 배려하니 '안티'가 없다는 시인. "신망이 높아 대표성"(정재왈)이 있다는 그는 대구 문화예술계의 걸출한 역할은 모두 수행했다. 좌중을 항상 즐겁게 하는 특장을 가진 그는 대구예총회장 취임 때 화환을 받아 죽

늘어세우는 대신 농부들에게 구입한 쌀을 받아 복지관에 전달했다. 그는 악수하고 사진 찍는 일 없이, 문화예술계의 경제적 어려움을 겪는 분을 추천받아 통장 계좌번호로 송금하여 후원하는 봉사와 나눔의 정신을 실천한 단체장이었다. 그는 시상식을 위한 상패 대신 족자를 서예가에게 의뢰하고, 상금 대신 화가에게 그림을 의뢰 제작하여 수여하는 '예술소비운동'을 실천한 단체장이었다. 그뿐만 아니라 한 달에 책 한 권 읽기, 전시장 한 달에 한 번 가기, 공연장 한 달에 한 번 가기 운동을 펼쳐 예술 소비를 일반 대중에게 확산시켰다. 그는 "말과 글과 행동이 일치하는 생각이 큰 분"이라고 후학들은 입을 모으는데, 대구의 시민들도 예술소비운동으로 좋은 습관을 기르게 되었다며 감사의 인사를 한다니 만구성비(萬口成碑)를 얻은 진인 아닌가.

문자의 제의, 시적 형식 모색

문무학의 작품세계는 《벙어리뻐꾸기》라는 분기(分岐)로 나누어 볼 수 있다. 그가 말했듯이, 41년 문학 인생 초기 20년은 그의 삶을 표현한 작업이 시조선집 《벙어리뻐꾸기》에 담겨 있다. 《벙어리뻐꾸기》 이후 《낱말》《홀》《가나다라마바사》에 이어 '뜻밖의 낱말 연작'을 집필 중인 오늘에 이르기까지 그는 "언어를 통해 삶을 조명하고 언어 속에 있는 삶을 꺼내 보겠다는 각오"로 창작에 임하고 있다.

《벙어리뻐꾸기》에 담긴 괄목할 만한 성과 가운데 남다른 시

적 형식 미학의 절정을 보여준 작품군이 있다. 〈달과 늪 - 우
포에서〉〈중장을 쓰지 못한 시조, 반도는〉〈지평선〉. 이들은
구체시(具體詩)로 볼 수 있다.

고
랐
올
떠
멋
슬
은
달
늪
은
슬
쩍
갈
앉
았
다

은근하게 달빛이 늪의 안을 헤집지만
끝 모를 그의 깊이는 드러나지 않는다.

— 〈달과 늪 - 우포에서〉

이 작품은 초장의 "달은 슬몃 떠올랐고 늪은 슬쩍 갈앉았다"

를 구 단위로 역(逆)배치했다. 달이 슬몃 떠오르듯이 문자를 상향으로 비껴 배치했다. 늪이 슬쩍 갈앉듯이 문자를 하향으로 비껴 배치했다. 늪에 비친 달이 그 바닥을 알 수 없는 늪의 신비감을 더하는 듯하다.

　　내처서 삼천리를 다 못 가고 마는 땅

　　. . . ..

　　가다가 뚝 끊긴 길 끝에 이념만이 선명한
　　　　　　　　　　　　— 〈중장을 쓰지 못한 시조, 반도는〉

　이 작품은 고등학교 문학 교과서에 수록되었다. 그는 이 작품 끝에 "〈중장을 쓰지 못한 시조, 반도는〉은 허리 잘린 반도처럼 허리 없는 시조다. 통일이 되면 반도의 허리도 내 시조의 허리도 온전해질 것이다."라고 부연했다. 휴전선에 가로막혀 왕래 못 하는 한반도의 수많은 사연을, 점 세 개와 점 네 개를 구(句) 단위로 반복하며 말 없는 말로 묘사한 것으로 본다.

　　내가설사거기까지혼신으로갔다해도**너는또그만큼을**

　　물러서서바라보며팽팽한거리를두고영원하는신기루
　　　　　　　　　　— 〈지평선〉(밑줄과 굵은 글씨는 필자분)

이 작품의 구도는, 첫 행(1연) 초장 끝에 이어붙인 밑줄 긋고 굵은 글씨로 표현한 중장의 앞구와 2행(2연) 종장의 앞에 붙인 밑줄 긋고 굵은 글씨로 표현한 중장의 뒷구로써 지평선에 가닿을 수 없는 불가항력을 표상(表象)한 것으로 본다.

문자의 제의, 정관

《벙어리뻐꾸기》 이후, 언어의 삶을 살게 됐다는 그는 "한글에 대한 고마움과 경의를 표하기 위하여 한글과 관련되는 여러 가지를 시로 쓰는 일을 요량"하게 되었다. 《낱말》에 이르러 '낱말 새로 읽기'와 '문장부호 시로 읽기'와 '품사 다시 읽기'를 시로 썼다. 여기서 '바다'를 비롯한 '물음표'와 '품사 9편'이 중고등학교 교과서에 모두 실리는 쾌거를 이루었다.

물음표는 사람의 귀, 귀를 많이 닮아 있다
물어놓고 들으려면 귀 있어야 된다는 듯
보이지 않는 쪽으로
그 언제나 열려 있다.

물음표는 낚싯바늘, 낚싯바늘 그것 같다
세상 바다 떠다니는 수도 없는 의문들
그 대답 물어 올리려
갈고리가 된 것이다.

물음표는 그렇다 문명의 근원이다
그 숱한 궁금증을 하나하나 풀어낸
인간의 역사는 본디
의문을 푼 내력이다.

　　　　　　　　　　— 〈문장부호 시로 읽기·2 - ?〉

　'낱말 새로 읽기'와 '문장부호 시로 읽기'와 '품사 다시 읽기'
는 지금까지 한국 시사에 없는 일이다. 김석준이 읽었듯이 시
인 문무학이 올리는 문자의 제의는 "말을 사유하는 신기원"이
다. 그는 "낱말의 순수한 표상 밑에 인간학을 응고시켜 단순한
말놀이적 성격을 훨씬 초과"하고 있다. 물어놓고 들으려면 귀
있어야 된다는 듯 물음표의 생김새는 사람의 귀를 닮아있다
는 발견. 물음표는 세상 바다에 떠다니는 수도 없는 의문에 대
한 대답을 물어 올리려고 낚싯바늘 갈고리가 되었다는 사유.
이 정밀(精密)한 사유가 건져 올린 "물음표"는 "문명의 근원"이
라는 정언(定言). '물음표(?)'에는 정신의 응집, 오랜 사유 끝에
물밑바닥에 가라앉아 빛나는 모래알같이 자연스러운 생기가
있다. 표현과 수사의 차원을 넘어선 정신(精神)의 경계(境界).
'언어철학자'라는 호명은 참으로 마땅하고 자연스럽다.

　'아니다'는 그렇다 바깥 아닌 '안이다'

　'아니다'로 읽지 말고
　'안이다'로 읽어 가면

아닌 게

가슴에 녹아

안이 되어 줄 것이다.

　　　　　　　　　　　　— 〈낱말 새로 읽기·38 — 아니다〉

　이 시를 소리 내어 읽어본다. '아니'라는 배제와 부정에서 '안'이라는 수렴과 긍정으로 넘어오면 날카로운 고음이 부드러운 저음으로 변환되는 것 같다. 진실이고 진정은 소리 지를 필요가 없다. 한데 얼러들 수 없을 것 같던 것이 녹아 내 편이 된다는 일. '아니'라는 부정어가 '안'이라는 가슴 안쪽으로 편입된다는 긍정의 힘은 얼마나 큰가. 문무학은 문명이 고정한 언어의 이면을 응시하여 지금까지 없었던 낯선 해석을 내놓는다. 배제와 부정의 '아니다'가 수렴과 긍정의 '안이다'로 해석되는 일. 문명이 발견해 놓은 불변의 본체적 의미를 새롭게 보아내는 일. 고요하여 정밀한 집중. 정관(靜觀). 이 낯선 번역은 시인이라는 사제의 거룩한 정관으로 집전되는 제의 아닌가.

　'잠' 자는 참 살뜰히 보살펴 주는 글자

　오늘도 그 얼마나 고생이 많았냐며

　자라고

　편히 자라고

　베개 하나 받쳐준다.

　　　　　　　　　　　　　　　　　　— 〈잠〉

한글 '근' 자는 줏대 있는 글자다
바로 봐도 거꾸로 봐도
꿋꿋하게 '근' 자다

뿌리가
될 수 있는 건
흔들리지 않는 거다.

　　　　　　　　　　　—〈근(根)〉

　참신하고 자연스러운 언어철학자의 번역. 해설 필요 없이
그냥 눈으로 읽고 마음으로 읽고 소리 내어 읽으면 그만인 시.

　세상에 시가 되지 않을 것이 없지만, 시로 쓰지 않으면 안
될 것도 있다는 생각이 드는 것도 있다. 한글 자모가 그 후
자에 속한다. 우리 한글 자모는 패션과 디자인, 그림과 무용,
영화의 소재가 되고 했지만, 정작 문학에서는 우리말 자모를
시로 쓴 사람을 보지 못했다. 미국 흑인 여성 최초로 1993년
노벨문학상을 받은 토니 모리슨(Tomi Morrison)은 '목마른
사람이 샘 판다'는 우리 속담과 비슷하게, "당신이 읽고 싶은
책이 있는데, 아직 쓰이지 않았다면, 당신이 그 책을 써야 할
사람임에 틀림없다."고 한 바 있다. 그랬다. 나는 한글 자모
시를 읽고 싶었다. 그래서 내가 썼다.

　한글자모시집《가나다라마바사》에 붙인 '시인의 말'이다. 그
는 한글 닿소리 14자, 홀소리 10자, 사라진 자모 4자, 겹닿소

리, 겹홀소리 16자, 겹받침 글자 11자, 모두 55자를 시로 썼다.

　'ㅢ'는 겹닿소리 가로 한 줄 세로 한 줄
　뚝딱 만든 의자 같다 앉으면 편하겠다
　사람을 편케 하는 건 복잡한 게 아니다.

　뚝딱 만든 그 의자에 'ㅎ'이 와 앉으면
　버리곤 살 수 없는 희망 피어나겠다
　사람의 꿈이 되는 건 먼 곳에 있지 않다.
　　　　　　　　―〈한글 자모 시로 읽기·40 – 겹홀소리 ㅢ〉

　그렇지. 사람을 편케 하는 건 복잡한 게 아니지. 그냥 읽고
고개 끄덕이게 하는 시. 거기에 뜬금없이 'ㅎ'이 와 앉는 건 겸
허한 그의 말대로 "한글 자모를 바라보고, 읽어보고, 써보고,
이리저리 굴려보"다가 솟아오른 기지(機智) 아닌가.

　여럿에서 나누어 내 것 되는 것이지만
　'몫'자엔 표해야 할 뜻 은근하게 깔려 있다
　겹받침 ㄳ이 들고 있다 '감사'를

　차를 타면 찻삯 내고 배를 타면 뱃삯 냈다
　'삯'자는 돈 버는 길 밑자리로 딛고 있다
　겹받침 ㄳ이 엎혀 있다 '고생'에
　　　　　　　　―〈겹받침 글자의 풍경·1 – ㄳ(몫/삯)〉

그렇구나. 내 몫을 챙겨 가질 수 있다는 건 얼마나 감사한 일인가. 삯을 낸다는 건 삯 받는 이의 고생에 합당한 대가를 치르는 일이었구나. 그렇구나. 몫과 삯에서 이 언어철학자의 '타자에 대한 배려와 나눔의 정신'을 읽는다.

> '앉다'와 '얹다'는 글자도 또 발음도
> 거기서 거기란 말 앉혀도 될 듯한데
> 뜻으론 위와 아래로 서로 달리 움직인다.
>
>
> 앉으려면 낮춰야 하고 얹으려면 높여야 하는데
> 사람 사는 세상에서 정말 높은 자리는
> 낮추고 낮춘 다음에라야 겨우겨우 앉을 수 있다.
> ―〈겹받침 글자의 풍경·2 – ㄵ(앉다/얹다)〉

모음 하나 바뀌었을 뿐이지만 천양지차(天壤之差) 뜻이 생긴다. 사람 사는 세상에서 정말 높은 자리에 앉고 싶으면 낮추고 낮추는 법을 배워야 한다. 내가 얼마나 귀한 사람인지 들추는 일의 어리석음을 알아야 한다. 좋은 자리에 앉았다가 문간으로 밀려나는 일은 낯 뜨거운 일. 아랫자리에 앉았다가 윗자리로 모셔진다면 자연스러운 기쁨 아닌가.

> '아내는 □□이다.' 빈 칸을 채우라면
> 봄·여름엔 모르다가 늦은 가을 저녁답에
>
> 아! 내다/

문득 깨달은

그 말밖에

없어라.

— 〈뜻밖의 낱말·1 – 아내〉

옛 시에 '나이 들어 봄을 맞아야 봄을 정말 아는 법(老年逢春始識春)'이라는 구절이 있다. 그렇듯 인생의 봄 여름엔 눈앞에 있어도 보이지 않는 게 있다. "아! 내다." 아내=나. 부부 일심동체라는 핵심 체크다. 이 시를 쓰고는 아내에게 보여주며 낭송하는 모습을 상상한다. 서로 읽으며 마주 보며 웃는 모습을 상상한다. 흰머리 노부부가 되어서야 얻은 순간의 환희심을 종장 첫마디, 단독 행과 연으로 배치했다. 꽃잔디 수레국화 두메양귀비 환한 마당 가 나무의자에 앉은 은발의 생생한 기쁨이 보인다.

하위 장르 모색, '홑 시'

문무학은 "새롭지 않은 것은 예술의 이름을 얻기 어렵다"고 본다. 좀 독하게 말하면 어려운 게 아니라 새롭지 않은 것은 예술적 가치가 없는 것 아닐까. 그러므로 "그 무엇을 창조한다는 것은 실험이라는 과정을 거치지 않을 수 없다. 그래서 작품을 창작하는 모든 예술인은 '실험인'이라고 해도 틀리지 않"으며 "시조가 우리 삶을 담는 그릇이라면 달라진 삶은 그릇이 다를 수도 있다"고 했다. 시조는 3장의 정체성을 생명으로 한다고 보면, 창신(創新)과 해체의 경계에 선 사유로 볼 수도 있다.
이러한 사유를 바탕으로 하여 '시적 형식' 실험에서 나아간 그
의 형식 모색은 2000년대 초반부터 종장만으로 쓴 작품들을
발표한다. 2016년에 펴낸 《홑》이라는 손바닥만 한 시집. 최남
선의 《백팔번뇌》(1926)처럼 인간과 자연과 문화 108가지를
그가 명명(命名)한 '홑 시'에 담았다. 그의 말처럼, 세상 중요
한 건 외자다. 아닌 게 아니라, 눈 코 입 귀 몸 살 뼈 피가 그렇
고 해 달 별 눈 비 강 산이 그렇고 춤도 집도 삶도 중요한 건 다
홑자다. 순간의 만남과 스러짐으로 명멸하는 SNS 시대에 짧
고 명쾌하게 다가오는 이 '홑 시'를 영역 시와 함께 실었다. 누
구도 해보지 못한 전방위적 실험의 결정판 《홑》은 프랑크푸르
트, 베이징, 도쿄, 서울을 포함한 세계 4대 국제도서전에 출품
되어 큰 관심을 끌었다.

어둠을
해치우고선

명령한다
일을
해

— 〈해〉

흐르다
멈췄으리라

뭇 생명들

머물게

—〈흙〉

대구문인협회장이 된 뒤 독자들이 시를 읽지 않는 이유를 찾았다. 재미없고 어려워 무슨 말인가 모르겠다는 독자들을 위해 쉽고 재미있는 시를 쓰자 발심한 그는 낱말을 가지고 놀 듯 언어유희에 몰입했다. 어두울 땐 일을 못 하니, 어둠을 해 치우고서 해는 명령한다. 일을 〈해〉! 참 발랄하다. 재밌다. 〈흙〉도 그렇지 않은가. 흙이 물처럼 흐른다면 뭇 생명이 어떻 게 머물 수 있으며 어떻게 뿌리 내릴 수 있을까. 머물 수 없으 면 뿌리도 내릴 수 없으리.

서로의 가슴속에다

다른 별을 띄우는 것

—〈이별〉

이 작품은 《누구나 누구나가 그립다》에 수록되었다. 〈이별〉 은 종장의 앞구와 뒷구를 연 나누기 이상으로 행간을 넓혀 이 별의 심정적 거리를 표상한 구체시의 연장에 있다고 본다.

쉬운 시, 자연스러운 시

문무학은 독자 대중과 소통하는 시인이 되고자 했다. 재미 있고 쉬운 시를 쓰고자 했다. 소통되고 유통되려면 쉽고 재미 있고 자연스러워야 함은 당연한 일. 일간지에 소개된 〈가을, 꿈 하나〉의 해설에서 이종문은 "쉽게 이해되고 공감되어 고개 가 끄덕여지는 수수한 작품들이 참말로 그립다. 평범한 진술 만으로도 눈앞에 그림이 그려지면서 가슴이 조금 뭉클해지기 도 하는 시조들, 기교와 요설의 야단스런 화장을 다 지워버린 민낯의 시조들을 만나"고 싶다며 문무학의 시조를 소개했다.

가을을 재촉하는 비가 종일 내립니다
이 비 그치면 바람이 서늘해져
구름이 무겁던 하늘 가벼워도 지겠지요

하늘이 맑아지면 그대는 어쩔래요
나는 물든 단풍 중에 젤로 고운 잎을 가려
안부도 물을 수 없는 그대 이름 써 볼래요

행여나 그대가 가을 속을 헤매다가
제 이름 쓰인 단풍을 볼 수 있게 된다면
이보다 더 좋은 가을이 그 어디 있겠어요
— 〈가을, 꿈 하나〉

은은히 아름다운 연시풍. 이 시는 〈우체국을 지나며〉와 같은 계열로 본다. 흰칠한 은발에 잘 어울리는 시편 아닌가. 우아한 어법이 읽는 이의 마음을 편안하게 당긴다. 읽는 이 누구라도 그대가 될 수 있을 것 같다. 무슨 해설이 필요하랴.

희미하다 어둑했고, 어둑하다 캄캄했다
네게로 갈 수 없고 내게로 올 수 없어
그전엔 알지 못했다 오가는 게 삶인 걸

마주 앉아 웃으며 국밥을 말아 먹던
혀가 자꾸 떠올리는 그 때 그 곳 그 맛을
그전엔 알지 못했다 함께 함이 기쁨인 걸

반가운 널 만나도 악수하지 못하고
주먹 쥐는 이 마음이 이리도 쓰린 것을
그전엔 알지 못했다 네가 곧 내 힘인 걸

침 튀기며 해야 할 말 마스크로 막고 보니
그 때 그 말 아낀 것이 이리도 서러울 줄
그전엔 알지 못했다 말이 곧 나눔인 걸

—〈그전엔 알지 못했다〉

몰려다니며 마음대로 먹고 싶은 것 함께 먹던 즐거움. 손도 잡고 가볍게 포옹하던 우리의 정다운 인사법. 마스크 없이 모여 웃고 떠들던 시간이 그립다. 우리가 잘 알지 못하는 바이러스가 인류를 위협하는 '코로나 팬데믹'을 몰고 온 것이다. 팬데믹이 오기 전에 아무렇지도 않게 당연히 받아들이던 일상이 불가능해진 것이다. 그전엔 알지 못했던 것. 만나서 내가 지금 이렇다고 말하고 마음을 나누는 게 삶이 지녀야 할 가장 기본적인 소통 방식이라는 것. 사소한 일상이 우리에게 너무나 소중한 가치라는 것을 코로나 팬데믹이 깨닫게 해주었다. 시의적절(時宜適切). 때마침 이 유연한 고백이 올해의 유심작품상 시조부문 수상작이 되었다.

정신, 염연한 풍격

《벙어리뻐꾸기》 이후, 문무학은 한 마디로 견자로서의 역할을 초과 수행한 시인으로 본다. 누구는 그의 창작을 문자의 제의라 했고 이 사제를 언어철학자라 했다. 그리하여 입을 열면 처음 듣는 신비한 탄성이었으니 색구단설(塞口斷舌), 누가 토를 달 수 있을까. 조탁도 과장도 없이 생생하고 자연스럽게 핵심을 드러내는 정신의 시경(詩境).《낱말》과《가나다라마바사》가 보여주는 문장부호와 한글 자모에 대한 천착을 누구는 지금까지 없던 세계에 대한 낯선 번역이라 하고 누구는 말을 사용하는 신기원이라 했다. 특별히 우리가 지키고 가꾸어 온 시조로써 그가 수행한 문장부호와 한글 자모에 대한 천착이 '거룩한 일'임에 누가 토를 달 수 있을까. 이 거룩한 일은 시인의 정관으로 가능하다. 이를 겸허한 시인은 한글 자모를 바라보고 읽어보고 써보고 이리저리 굴려본 것이라 했다. 무슨 관념어가 필요하랴. 문무학에서 아름다운 시경, 염연(恬然)한 풍격(風格)을 본다.《가나다라마바사》, '만해'에서 '외솔'까지 뚜벅뚜벅 먼 길을 돌아 유심(唯心)을 받아안은 시인께 마음의 꽃다발 먼저 안겨 드린다.

홍성란_srorchid@hanmail.net.
시인. 1989년 중앙시조백일장(경복궁 근정전)으로 등단. 시집《춤》《바람의 머리카락》《칭찬 인형》, 시선집《애인 있어요》《소풍》시조감상 에세이《백팔 번뇌 – 하늘의 소리 땅의 소리》외 다수. 중앙시조대상신인상, 유심작품상, 중앙시조대상, 대한민국문화예술상, 이영도시조문학상, 조운문학상 등 수상. 현재 유심시조아카데미 원장.

이경자

심사평·견결하고 시적인 문체로 높은 성취

수상소감·인간 삶의 모순들이 뭉친 것 풀어야

수상작·〈언니를 놓치다〉

자술연보 및 연구서지

이경자론·이경자 소설(小說)이 품은 대설(大說) / 고명철

이경자 / 1948년 강원 양양 출생. 서라벌예술대학 문예창작과 졸업.
1973년 《서울신문》 신춘문예로 등단. 한국작가회의 이사장 역임. 소설집
《절반의 실패》《사랑과 상처》《혼자 눈뜨는 아침》《천 개의 아침》《오늘도
나는 이혼을 꿈꾼다》《세번째 집》등과 산문집《이경자, 모계사회를 찾다》
등이 있다. 민중문학상, 한무숙문학상, 고정희상, 현대불교문학상, 가톨릭
문학상 등 수상. 현재 서울문화재단 이사장. someday48@hanmail.net

견결하고 시적인 문체로 높은 성취

작가 이경자는 인간 존재의 기본권에서부터 문제를 추적하는 작품을 쓰고 있다. 아울러 총체적 세계관 범주에서 민족의 역사적 현실을 구체적으로 증언하는 소설을 쓴다. 소설 〈언니를 놓치다〉는 이러한 현실의식을 충직한 수법으로 다룬 작품이다.

소설 〈언니를 놓치다〉는 남북 이산가족 상봉 행사가 열리고 있는 금강산 현장을 소재로 삼고 있다. 20세기 세계 현실에서 가장 참담한 상황이 한국의 남북 분단이다. 이 문제를 다루는 기록들은 정치적 이데올로기 차원에 치우치는 경향이 있다.

이경자의 소설은 외롭고 가난한 어린 자매의 남북 이산과 상봉의 현장을 다만 구체적 진정성에서 그리고 있다. 열일곱 살의 여공 세희가 인민군을 따라 월북하며, 한 말이 채 못 되는 쌀자루를 열두 살의 동생 명희에게 주며, 쌀이 떨어지기 전에 돌아오겠다고 약속했는데 54년 만에 금강산에서 만난다.

가난하고 못 배웠지만 차별받지 않는 새 세상으로 간다던 언니와의 상봉이다. 밤껍질 같은 얼굴색, 깡마른 몸매의 언니가 가지고 와 보여주는 것은 메달들과 상장이다. 어린 나는 그 뒤로 어떻게 살아남았는데, 나 이런 걸 보려고 여기 온 게 아닌데…… 동생이 실망하는 과정의 갈등들, 그러나 다시 만날 기약 없이 헤어지는 아픔의 울음들, 세밀한 거동들에 인간적

정황의 전형적 실상이 있다.

실로 남북 이산가족의 비극은 전적으로 강대국 외세에 의한 희생이다. 다만 인간적인 문제의 진정한 증언 때문에 테느가 "역사는 문학을 떠나 기록될 수 없다"고 한 것이다. 견결하고 시적인 문체가 독자의 눈시울을 적시는 데에 이 소설의 높은 성취가 있다.

심사위원 / 김영재, 박시교, 신달자, 오세영, 이근배, 구중서(글)

인간 삶의 모순들이 뭉친 것 풀어야

고향 양양으로 가는 버스 속에서 수상자 선정 소식을 들었다. 행복하기 그지없는 소식이었지만, 그래서 믿기지 않았다. 행복감은 보이지 않아서 마치 손에 들고 있는 물처럼 손가락 사이로 빠져나갈 것 같은 불안감이 도졌다. 그리고 누군가에게 이 소식을 알려 방방 뛰며 기뻐하고 싶은데, 버스 속이었고 모두 마스크로 입을 가린 상태. 입이 있어도 말하지 말고 먹지도 말라는 것이었다.

고향이 가까워질수록 하늘은 맑고 산천은 푸르렀다. 행복해서 몸이 깃털처럼 가벼워지는 시간, 나는 낙산사와 진전사를 떠올렸다. 낙산사는 해마다 걸어서 소풍을 가던 곳. 진전사는 큰이모네 집이 있었고 탑이 있는 곳에 가서 마구 놀던 어린 시절이 떠올랐다. 유심작품상은 만해 한용운의 문학정신과 업적을 기리기 위한 만해사상실천선양회에서 주관하니까.

오래전에 장편소설《세 번째 집》으로 현대불교문학상을 받았다. 그 작품은 내 문학의 중심 소재이며 주제인 분단 현실의 비극과 모순을 탈북자 여성을 통해 그린 소설이다. 나름으로 혼신을 다해서 후회 없는 작품이었는데, 수상의 영광을 안게 되어 탈진을 위로받고 격려받은 기쁨이 아직 생생하다. 그런데 이번 19회 유심작품상 소설 부문의 수상자가 됐다. 영광이고 영광이다. 더군다나 이번 수상작은 단편소설〈언니를 놓치다〉인데 역시 분단을 다룬 소설이다. 금강산에서 열린 남북 이산가족 찾기 현장에서 느낀 모든 것을 압축해서 단편소설로 만들었다. 글을 쓸 때 우는 건 좋은 현상이 아니겠지만 아주 많이 울었다. 그 잔인한 비극 때문에……. 민족의 분단은 생살을 찢는 것이다. 역사까지 들먹이지 않아도, 문학은 용서하지 않아야 한다.

나는 분단의 땅 강원도 양양 삼팔선 이북이 고향이다. 내가 문학적으로 분단 문제에 천착할 수밖에 없는 이유로 이것 말고 달리 설명이 안 된다. 인간 삶의 모순이 층층이 켜켜이 시공간에 뭉쳐 있는 곳! 이곳에서 내 무의식이 모두 형성됐다. 그러므로 소설가인 나는 뭉친 것을 풀어야 하는 책무를 얻었다.

올해 일흔네 살이 됐다. 소설을 쓰는 것이 엄청난 몰두를 요구하는 일인데 몰두 그 자체가 생명 에너지의 소모다. 하지만 괜찮다. 그저 앞으로도 쓰고 싶은 소설을 쓸 것이므로.

상을 주신 만해사상실천선양회에 진심을 다해 머리 숙여 감사드린다.

이경자

언니를 놓치다

이경자

명희는 배추 된장국에 밥을 말아 몇 술 뜨곤 수저를 놓았다. 푸짐히 담긴 미역 초무침, 구운 아지, 북어찜과 산나물엔 손도 대지 않았다. 월북한 세희 언니가 만나기를 신청했다는 소식을 들은 이후 제대로 밥을 먹은 적이 없었다. 어떤 날은 솟구치는 그리움으로, 더러는 억누르기 어려운 울화로, 그리고 서글픔에 겨워서 먹고 자는 일상을 놓친 것 같았다.

말소리와 밥 먹는 소리가 와글거리는 식당엔 그러나 명희 같은 사람들도 꽤 됐다. 밥은 밀어놓고 누룽지 숭늉 한 사발 받고도 그마저 먹지 못하고 멍한 눈으로 말없이 허공을 바라보는 사람, 벌써 식당 바깥으로 나가 어정거리는 사람, 숫제 호텔 방에서 나오지 않은 사람도 있었다. 다섯 명으로 한정한 방문 가족을 꽉 채워 온 경우도 있지만 명희는 혼자였다.

달포 전이었나? 적십자에서 연락을 받았을 때, 거짓말이지 싶어서 몇 번이나 세희 언니가 맞느냐, 정말 나를 만나자고 했느냐, 나를 어떻게 알았느냐, 마구 따져 물었다. 꿈 때문이었다.

전화 받기 꼭 사흘 전이었다. 명희는 꿈에 세희를 보았다. 꿈에라도 보고 싶던 언니가 이제 그 희망조차 삭아버린 뒤에 나타났다. 머리를 땋아 내린 열다섯 살의 세희는 시흥 공장의 정문 앞에서 동료들과 함께 걸어 나왔는데 명희는 그 앞에서 언니! 언니! 반가워 소리쳐 부르며 발을 굴렀다. 세희는 들은 척 않았다. 명희는 화들짝 깨어서 꿈이 부고(訃告)일지도 모른다는 느낌에 사로잡혔다. 같은 땅에서 55년을 오가지 못하고 살면서도 혈육이라고 당신 죽은 걸 이렇게 알리는구나, 생각했다. 슬프지도 않고 그저 황망한데 눈물이 주르륵 흘러내렸다.

장전항을 마주한 산의 경사면을 살려 지은 호텔. 명희는 비탈길을 느릿느릿 올라갔다. 오른쪽으로 고요한 장전항, 그 뒤로 건물과 산이 바라보였다. 안내를 맡은 청년은 장전항의 일부를 현대아산에서 임대해 사용하니 정해진 구역 너머로 가선 안 된다고 여러 가지 주의 사항에 넣어 알려줬다. 명희는 갈 수 없는 곳을 바라보았다. 달리면 금방인 북한 땅. 아득하고 막막했다. 행사 기간 동안 북한을 '북측'이라 부르라 했다. 55년 동안 북한이었던 이름. 단지 사흘 동안 북측이었다가 행사가 끝나면 또다시 북한이었다. 명희를 미치게 하는 혼란은 이것만이 아니었다.

중턱쯤의 객실 쪽에서 분홍색 한복을 곱게 차려입은 백발의 할머니가 중년의 여자와 남자의 부축을 받으며 걸어 내려오고 있었다. 아들 며느리겠지. 명희는 생각했다.

"우황청심환을 드시래두."

남자가 말했다.

"어머니, 그게 좋아요."

이번엔 여자였다. 명희는 그들 곁을 지나치며 할머니를 잠깐 쳐다보았다. 대쪽 같은 거 말고는 표정이 없었다. 입도 암반처럼 굳어 보였다. 명희는 할머니를 쳐다본 게 죄를 지은 기분이었다. 그새 비탈길은 분주해졌다. 객실에서 옷을 갈아입은 사람들이 서두르며 나오고 있었다. 차를 타고 오던 때와 달리 복장이 화사하거나 단정해 보였다. 그러나 뭔가 수십 년 동안 박제되었던 사람들이 되살아난, 기이한 분위기였다. 겉모습은 살아났으되 감정은 아직 풀리지 않은 상태일지 몰랐다.

명희는 지정된 버스에 올랐다. 버스 안은 고요하고 무거웠다. 뭔가 곧 터질 것 같았다. 현실을 비현실로 느끼고 비현실을 현실로 느끼게 되는 기이한 어긋남에 숨이 막혔다. 금강산으로 떠나는 날이 다가올 때, 명희는 세희를 만나면 우선 때려주겠다고 생각했던 것도 잊었다. 언니를 정말 때려주고 싶었다.

세희와 명희 자매의 아버지는 경찰관이었다. 명희를 낳고 산후바람에 얻은 병으로 어머니는 명희 세 살 나던 해에 죽고 아버지는 이미 알고 지내던 젊은 여자와 곧장 재혼했다. 남매를 낳은 계모는 성정이 간사하고 포악했다. 아버지가 없는 데선 전실 자매를 학대했고 부녀지간을 이간질했다. 계모의 편을 드는 아버지를 증오하던 사춘기의 세희가 집을 뛰쳐나갔다. 시흥의 공장에 취직을 한 뒤 문간방을 세 얻어 명희를 데려왔다. 나이로는 다섯 살 터울인 세희가 명희에겐 언제나 어머니였다. 명희는 어머니 얼굴을 기억하지 못했지만 세희는 늘 명희가 어머니를 빼닮았다고 했다.

그해 여름, 인민군이 쳐내려오고 피란을 가느라 아수라장이 됐는데 세희는 눈에 빛을 뿜었다. 새로운 세상이 왔다는 것이었다.

"돈 없고 못 배운 사람도 차별받지 않고 여자도 차별하지 않아. 머슴과 소작농이 토지를 배급받았어. 이게 꿈이나 꿔본 세상이냐? 이게 다 장군님의 은혜란다."

더운 여름 한 철 내내 빛이 어린 눈으로 세희는 동생에게 '새로운 세상'을 이야기했다. 세상에 가장 나쁜 것이 사람 차별인데 그게 없어지니 이제 누구라도 서럽지 않게 살 수 있다고 들떠서 춤췄다. 차별이 없어지면 모두가 동무라는 것이다. 세희는 동무들과 어울려 밤낮으로 사업과 회의에 바빴다. 명희는 그 모든 것이 무슨 의미인지 이해하지 못했지만, 덩달아 으쓱해지긴 했다. 하지만 너무 짧아서 꿈이었나, 의심스러운 그해 여름의 희망은 석 달을 다 채우지 못했다. 세희는 도망치듯 황망히 '곧 돌아온다'는 말만 남기고 본능적인 불안과 초조에 휩싸인 명희를 두고 떠났다.

그 후 명희는 1년 동안, 10년 동안, 20년 동안 '곧 돌아온다'는 말을 붙잡고 놓치지 않으려 안간힘을 썼다. 그렇게 붙잡을 것이 없었다면 쉴 새 없이 파고드는 절망과 좌절, 두려움의 유혹에 제 목숨을 내놓았을 것이다.

명희는 세희가 언제 돌아올지 모르면서도 언제나 그랬듯 문간에 쪼그린 채 앉아 있었다. 비행기가 머리 위로 지나가고 가까운 곳에서 우다당탕 쿵꽝 하는 폭격 소리가 들려왔다. 명희는 손가락으로 귀를 틀어막았다. 불안해서 숨이 쉬어지지 않을 때도 많았다. 비행기는 더 자주 뜨고 밤낮으로 폭격을 했다. 명희는 며칠째 배가 아팠다. 배가 아픈 동안 세희는 집에 오지 않았다. 명희가 마른 나무를 주워다 아궁이에 지펴 해둔 밥은 솥에서 그대로 상해갔다.

그날 밤도 하늘에 별이 가득했다. 별똥별이 하늘을 긋고 사라졌다. 몇 개가 거푸 그랬다. 명희는 문간에서 쪼그린 채 잠깐 졸았다. 명희는 돌무더기 쪽에서 들리는 여치 울음소리에 문득 정신을 차렸다.

"명희니?"

세희였다.

"방에서 기다리지!"

대답도 못 하는 명희에게 등을 돌려대며 세희가 걱정했다. 세희는 명희를 잘 업어줬다.

방에 들어갔지만 불을 켜지 못했다. 폭격기 때문이었다. 등잔불이 없어서 별빛에 사물이 비쳐 보였다. 세희는 배에 두르고 온 쌀을 풀어놓았다.

"언니 없는 동안 밥 잘 먹고 잘 지냈어?"

세희가 물었다. 명희는 배가 아파 아무것도 먹지 못했다는 말을 하지 않았다.

그리고 무슨 말을 했던가. 세희는 채 반 시간이나 명희 곁에 있었을까?

"명희야, 곧 돌아올 거야. 어디 가지 말고 여기서 꼭 언니를 기다려야 해. 저 쌀이 다 떨어지기 전에 반드시 돌아올 테니……. 언니 믿지? 우리가 흡혈귀 양키놈들을 박살 내지 않고는 영원히 행복할 수 없단다. 민족이 해방되지 않으면 노예처럼 살게 된단다. 언니가 하는 말 알지?"

명희는 한 번도 언니를 의심한 적이 없어서 그날도 물론 믿었다. 다시 돌아온다는 말, 저 쌀이 다 떨어지기 전에 반드시 온다는 말을. 그러나 자매가 짧은 이별을 위해 부둥켜안았을 때 둘은 서로가 몹시 떨고 있음을 느꼈다. 두렵고 두려웠던 건 열두 살의 명희만은 아니었다. 슬픔이 공포에 짓눌려 울 수도 없었던 건 명희만이 아니었다.

쌀이 떨어지기 전에……. 한 말이 채 못 되던 쌀자루. 가을이 깊어지고 서리가 내릴 때쯤, 명희는 쌀자루 앞에서 불안했다. 쌀을 다 먹으면 언니가 오지 못할까, 걱정됐다. 냄비를 들고 주먹으로 쌀을 폈다 덜었다 했지만, 첫눈이 내릴 때 마지막 쌀을 다 먹었다. 농사를 짓던 주인집이 부엌 바닥을 파고 독을 묻은 뒤에 피란 짐을 쌌다. 명희는 함께 가자는 주인집을 뿌리쳤다. 언니가 여기서 기다리라고 했다며 뒷걸음을 쳤다.

"언니가 독한 빨갱이 아니유."

명희는 고개 숙인 채 주인아주머니가 자신의 시어머니에게 수군거리는 말을 들었다. 할머니가 며느리에게 뭐라고 말했다. 언니가 오기나 한대? 이런 말같이 들렸지만 명희는 듣지 않았다고 생각했다.

쌀이 떨어지고 54년이 더 지났다.

상봉단과 지원단과 보도진을 태운 스무 대 가까운 버스는

느리디느리게 움직였다. 의자 사이에서 드물게 속삭이는 소리가 들리곤 하였다. 사람들은 누가 뭐라지 않아도 숨죽여 말하고 있었다. 더러 크게 들리는 목소리는 가난하고 헐벗은 북한을 흉보거나 얕잡는 말이었다. 우중충한 옷을 입고 개울에서 빨래하는 두어 명의 아낙네. 남한 어디에서도 볼 수 없는 풍경이긴 했다. 고성의 일성콘도에 집결한 어제 오후, 간단한 설명회가 있었다. 반세기 동안 헤어졌던 혈육과 만난다 해도 체제가 다르고 사상이 달라 말이나 풍속이 같지 않은 게 있을 것이며 그 점을 서로 존중해줘야 한다는 주의 사항이 있었다. 상대편의 자존심을 건드리는 말이나 행동을 하지 말도록 당부했다. 그러나 이런 말들이 명희에겐 들리지 않았다. 달랑 혼자인 가족도 명희뿐인데 짐이라곤 등에 멘 배낭이 전부인 사람도 명희 외엔 더 보이지 않았다. 검정 바지에 밤색 점퍼, 검정 배낭, 운동화. 지금 배낭의 안주머니엔 흰 봉투에 넣은 미화 천 불이 들어 있었다. 상봉 가족에게 줄 돈은 모두 미국 돈으로 준비하라는 말을 듣고 난생처음 만져본 미국 돈이었다.

명희는 한 번도 넉넉했던 적 없이 예순 넘게 살았지만, 그리고 북한에 홍수와 가뭄이 들어 굶어 죽는 사람이 늘고 탈출하는 주민들이 있다고 해도, 자신보다 언니가 넉넉하지 않다는 상상은 할 수 없었다. 54년 동안 언니가 죽었을 거란 상상은 하지 않았지만 자신보다 못살 거란 상상도 할 수 없었다.

우리 언니가 어떤 언닌데!

이 믿음은 명희의 의지를 벗어난 신앙이었다.

해가 바뀌었던 겨울, 혼자 남은 명희는 언니를 기다렸다. 눈이 하얗게 내린 마당에 온종일 발 디딜 만큼 눈을 치웠다. 언니는 오지 않고 피란민이 집을 차지했다. 문산 쪽에서 내려온 일가족이었다. 남자는 할아버지와 소년, 나머지는 할머니와 아기 젖을 먹이는 젊은 부인이었다. 그들은 얼굴에 노란 병색이 도는 명희를 보고 놀랐다. 언니를 기다린다고 말해도 그들은 믿지 않았다. 하지만 그들은 명희와 밥을 나눠 먹었다. 동네 빈집을 찾아다니며 먹을 것과 돈 될 성싶은 것을 훔쳐 오던 그들은 전선이 삼팔선을 오르락내리락하자 서울로 떠났고 피란 갔던 주인집이 햇수로 2년 만에 돌아왔다. 그 이듬해 휴전이 됐다. 휴전은 전쟁보다 더 무서웠다. 전쟁을 기다리는 전쟁이 시작되었다. 이승만 대통령은 북진 통일을 하겠다고 부르짖었다. 전신주나 벽마다 '때려잡자 김일성'이라는 구호가 붙어 있었다. 뿔이 달린 괴물이 튀어나온 이빨 사이로 피를 흘리는 모습은 끔찍했다. 언니가 말한 인민의 해방자 김 장군님과 피를 빨아 먹는 뿔 달린 괴물 사이에서 정신을 잃지 않으려고 명희가 얼마나 애를 썼는지 누구도 알 수 없었다. 그건 목숨 같은 비밀이었다.

명희는 눈앞이 뿌옇게 보여 손등으로 차창의 유리를 문질렀다. 그러나 여전했다. 적십자에서 연락을 받은 뒤로 문득문득 눈앞이 하얗게 된 적이 몇 번 있었다. 어떻게 눈앞이 그렇게 흰 눈처럼 하얄 수가 있는지 의문이었다.

단체 상봉 장소는 온정각휴게소. 오후 세 시부터 다섯 시까지였다. 오후 세 시가 되자면 반 시간이나 더 있어야 했다. 남측에서 온 가족이 정해진 팻말이 놓인 탁자에 앉아 기다리면 정해진 시간에 북측 가족이 들어온다고 했다. 명희의 팻말이 붙은 원탁은 창가 쪽이었다. 팻말을 찾다가 명희는 다시 한번 눈앞이 하얗게 되어 순식간에 헛발을 디뎠다. 정신을 차리자 이내 눈앞이 캄캄해졌다. 언제부터 입술을 깨물었는지 파인 입술이 제 모습으로 쉬 돌아오지 못했다.

　시간은 왕왕거리며 흐르고 있었다. 촬영 준비를 마친 사진 기자단, 수첩을 꺼내 들고 무엇을 적는 기자, 여러 가지 표정으로 서 있는 지원단 사람들. 다섯 명의 가족이 한 사람을 기다리는 원탁은 풍성했다. 어느 자리에서 황급히 일어서는 사람이 있었다. 의료진이 그쪽으로 다가갔다. 안정제가 주어졌다. 우황청심환을 먹는 사람도 있었다. 왕왕거리며 지나가는 시간 속으로 마른 눈물이 차오르고 있었다. 사람들은 무언가를 보려고 눈알이 쓰라리게 집중하면서, 아무것도 보지 못할까 봐 초조해했다.

　아주 잠깐 동안 명희는 세희 언니의 모습을 그렸다. 그저 그 모습이 스쳐 지나갔다. 열일곱 살 언니. 숱 많은 검은 머리를 탱탱하게 땋아 내린 언니. 카랑카랑한 목소리. 팔과 다리가 튼튼하고 살집이 단단하던 언니. 눈동자는 검고 볼은 불그레했다. 도톰한 입술이 말을 하려 벌어질 때면 옥수수 같은 이가 돋보였다. 새로운 세상! 차별 없는 세상! 인민이 누구나 평등한 세상! 부자도 가난한 사람도 없는 세상. 타고난 능력만큼 일하고 필요한 만큼 가지는 세상.

　명희는 세희 언니의 세상에는 아무런 관심도 없었다. 기다리지도, 부러워하지도, 살고 싶지도 않았다. 그게 어떤 세상인지 상상이 안 됐다. 하지만 언니의 모습은 그려졌다. 일흔한 살. 언니라면 아직 할머니 축에도 끼지 않을 것이었다. 도무지 늙지 않을 얼굴이니까. 순간 명희의 마음이 따뜻해졌다. 자랑스러운 세희 언니. 세희 언니를 자랑하고 싶었다. 명희는 자신과 언니가 닮지 않은 것도 좋았다.

　벽시계가 세 시를 가리키려 할 때였다. 활짝 열어 젖혀진 출입문 쪽에서 둑이 무너진 것 같은, 그러나 소리 없는 함성 같은 것이 화악 밀려왔다. 사람들이 일제히 일어서고 플래시가 번쩍번쩍 터지고 어디선가 툭툭 터지는 울음소리가 들리기 시작했다. 명희가 가슴에 훈장을 단 회색 양복 차림의 할아버지들이 줄지어 들어오는 걸 본 건 소리 없는 함성이 느껴진 몇 초 뒤였다. 그리고 똑같은 천으로 지은 치마저고리를 입은 할머니들을 본 것도. 아버지! 언니! 오빠! 형님! 삼촌! 호칭과 이름이 서로 뒤섞이고 엉켰다.

　명희는 세희 언니를 찾았다. 한눈에 알아볼 수 있는데 도무지 보이지 않았다. 세희 언니······. 명희는 아무리 정신이 없어도 열일곱 살 처녀를 찾지는 않았다. 얼굴에 주름도 잡혔을 것이며 머리숱도 줄었을 거란 생각은 했다. 하지만 눈이 침침해서였을까. 자꾸만 눈앞이 하얗게 되었다가 캄캄해지길 되풀이해서일까.

　원탁을 찾는 번호는 남북이 같았다.

　할아버지들과 할머니들은 번호를 보고 찾아갔다. 번호보다 먼저 얼굴을 알아보는 사람들도 있었다. 그러나 세희 언니······ 그리 늙기도 어려울 것 같은 할머니 한 분이 명희 쪽으로 다가오고 있었다. 늙은 얼굴에 비하면 자세는 대꼬챙이같이 꼿꼿한 할머니. 표정이 없는 할머니가 팻말 앞에 와서 잠깐 숨을 고르듯, 상대편을 확인하듯, 어쩌면 예의를 지키듯 멈칫하다가 의자에 앉았다. 서울에서라면 보기 힘든 밤껍질 같은 얼굴색. 일부러 고랑을 지어놓은 듯한 깊은 주름. 메마른 몸피. 사람이 제대로 먹기만 해도 저런 얼굴, 저런 모습이긴 어려웠다. 명희는 소란하고 어수선하고 말로는 표현할 수 없는 억압된 격정들이 상식의 더께를 깨고 솟구쳐 오르는 실내에서, 다만 홀로 고요했고 홀로 적요한 침묵에 휩싸였다.

"명희가 왔구나."

언니는 어디 있지? 엉뚱하게도 이런 생각이 들 때였다. 명희가 왔구나. 마주 앉은 대꼬챙이 할머니가 엉뚱하게도 청춘의 목소리로 말했다. 명희가 왔구나. 하지만 명희는, 명희가 왔구나, 라는 말소리에 언니는 어디 있지? 라고 덮개를 덮었다. 그리고 또다시 침묵이 흘렀다. 어느 탁자로는 남북의 보도진과 남북의 진행 요원들이 모여들어 작은 잔치판이 벌어졌고 어디선가 억제하지 못한 흐느낌이 울려오고 어디서는 작은 웃음소리, 어디서는 묻고 대답하는 말소리, 어디서는 장군님! 이라는 호칭이 들려왔다. 명희는 언니라고 말하고 싶었다. 언니라고 불러보고 싶었다. 그러나 결코, 절대로, 언니여선 안 되는 할머니의 얼굴을 차마 마주 볼 수가 없었다. 때려잡자 김일성. 북진 통일. 간첩단 등등. 사상적으로 반목하는 민족끼리 서로 폄하와 증오를 쌓고 또 쌓아갈 때도 명희는 그 속에 언니를 상처받지 않도록 간직했었다. 명희에게 세희 언니는 그런 것들과는 아무 상관이 없었다. 언니는 언니가 말하던 세상, 가난하지도 않고 차별받지도 않는 세상에 있을 테니까.

언제 손을 탁자에 얹었을까. 명희는 그 위에서 흔들리는 손을 탁자 아래로 감췄다. 떨리는 건 손만이 아니었다. 몸도 덜덜 떨렸다. 몸이 차디차게 얼어든 지 오래였다.

"어……어……니이."

명희는 말하고 싶었다. 그러나 목소리는 가위눌린 듯이 입술만 실룩거리며 소리로 새어 나오지 못했다. 이때 할머니 세희가 탁자 위에 얹었던 보자기를 풀기 시작했다. 저게 뭘까. 혹시 54년의 뭉텅일까? 여러 개의 동전 크기 메달과 낡은 상장과 사진첩이 드러났다. 명희는 탁자 밑에서 열 손가락을 비틀었다. 손가락이 바숴지듯이 아팠다.

"…… 위대한 김일성 주석과 김정일 장군님의 은혜로 나는 이렇게 잘 살았다. 이 훈장들을 봐라."

세희가 맨 처음, 명희가 왔구나, 할 때와는 전혀 다른 음색으로 그래서 성마르게 들리는 음성으로 크게 말했다. 김정일 배지를 단 지원단이 웃는 얼굴로 원탁 사이를 느릿느릿 걸어 다니고 있었다. 원탁에서는 누구나 지금 그렇게 하고 있었다. 명희는 배가 아팠다. 미군 비행기의 공습이 밤낮을 가리지 않을 때, 세희 언니의 희망에 넘치던 얼굴에 긴장감이 서릴 때, 미제 원쑤들이라는 말을 자주 입에 올릴 때, 배가 아파 밥을 먹지 못할 때처럼 지금 명희는 배가 아팠다. 두 손으로 아랫배를 움켜잡았다. 그럴 때 세희는 자신이 위대한 김일성 수령님과 장군님의 크나큰 사랑으로 얼마나 행복하게 살았는지, 민족 통일과 해방의 일꾼으로 보호받았는지…… 말하고, 말하고, 또 말했다.

"어, 언니."

이윽고 명희가 울면서 언니를 불렀다. 세희는 정작 대답하지 않았다. 마치 녹음기를 틀어놓은 것처럼 자신의 영웅적 삶과 수령님과 장군님의 사랑을 되풀이해서 말했다. 여섯 명이

앉을 수 있는 원탁은 명희와 세희에겐 참혹하도록 넓고 또한 멀었다. 화목하게 사진을 찍고 손을 맞잡고 볼을 부비는 가족들에겐 남북의 보도진들이 기다렸다는 듯이 쫓아가 되풀이 연출을 부탁했고, 눈이 침침한 어머니 앞에 큰절을 올리는 아들의 모습도 찍혔다. 반세기 넘도록 외동아들을 기르며 홀로 살아온 남쪽의 아내와 재혼해서 여러 자식과 수많은 손자를 둔 남편. 그들도 좀체 말을 나누지 못했다. 연좌제에 걸려 하고 싶은 공부를 다 하지 못한 아들도 한참 울었고 난생처음 보는 할아버지가 도무지 낯선 손자는 얼얼한 표정으로 할아버지의 훈장이며 메달을 구경했다.

명희의 두 시간은 당혹스러운 침묵으로 무거웠지만 다른 사람들과 마찬가지로 먼지같이 홀홀 날아갔다. 북에서 온 사람들이 먼저 자리에서 일어섰고 그들은 저절로 자석처럼 따라 붙은 남측 가족들의 배웅을 받으며 문을 나섰다. 두 시간 후에 만찬이 있을 것이었다. 두 시간 후에 다시 만날 것이었다. 정해진 대로.

명희는 세희가 자리에서 일어서도, 무어라고 말해도, 보지 않고 듣지 않았다.

북측 사람들이 빠져나가자 두 시간의 흥분, 그리고 그 이전의 기대와 두려움과 분노와 회한이 모두 거짓말처럼 사라졌다. 아직 자리에서 일어서지 못하는 남측 사람들의 표정은 대부분 허탈과 좌절, 절망과 침통에 개운함까지 뒤섞여 기이함을 자아냈다. 천만 개, 이천만 개의 잿더미 위. 그 상징의 한곳에 성급히 꾸며진 가설무대는 아무렇지 않게 철거되었고 그 아무렇지 않은 것에 적응하지 못한 이산가족들은 자리에서 일어서지 못했다.

이윽고 북측 사람들이 모두 나가고 남측 사람들도 자리를 비웠지만, 명희는 의자에서 일어설 수가 없었다.

이건 아니야!

명희는 세차게 머리를 흔들었다. 언니가 진짜 그 세희 언니라면, 이건 아니야! 언니가 그런 모습이어서도 안 돼! 잘 살았다니! 언니가 세희 언니라면 먼저 나한테 미안하다, 약속을 못 지켜서. 이런 말을 했어야지. 그리고 용케 살아남았구나, 그랬어야지. 그래야 세희 언니잖아. 보고 싶었다고, 하루도 잊은 날이 없었다고, 그래야 세희 언니가 맞잖아. 이건 아니야. 정말 아니야. 용서할 수 없어…….

명희는 할 말을 하지 못해서, 그 말이 숨통을 막아서 도무지 의자에서 일어서지 못했다. 가슴에 소속 기관과 이름을 붙인 표를 매단 여성 진행 요원이 다가와 미소 지으며 나가시지요? 할 때까지도 명희는 일어설 수 없었다.

"편찮으십니까?"

남성 진행 요원이 다가와 정중하고 사무적인 목소리로 물었다. 명희의 몸이 부르르 떨렸다. 진저리로 근육이 풀린 것일까. 새로운 긴장에 정신을 차린 것일까. 명희는 두 손으로 원탁을 누르고 힘겹게 일어서서 배낭을 짊어졌다. 그리고 무언가 훌쩍 빠져나간 듯 휑한 상봉장을 나섰다. 54년 기다려서 두 시간 만나고, 또 다른 두 시간의 자유와 공백을 지난 뒤에 다시 이곳에서 만찬을 할 거였다.

명희의 혼란은 개인이나 집단에 대한 보호와 억압이 제도화된 역사 이래 생기게 된 정신질환 중의 하나일지 몰랐다. 명희가 세희와 헤어진 1950년 9월 18일 이후, 열두 살 여자아이의 인생은 '이리 치이고 저리 치였다'는 말 이외엔 달리 표현할 마땅한 말이 없었다. 그래도 살아남을 수 있었던 건 오직 깊이 감춰둔 희망, 꿈, 자부심인 세희 언니 때문이었다. 명희의 생존 본능이 너무 깊이, 감쪽같이, 앙큼하게 숨겨서 반공법도 정보부도 안전기획부도 알아낼 수 없고 찾아낼 수 없었던 세희 언니라는 희망, 꿈, 자부심이었다.

그러나 명희는 배우가 아니었다. 기다려야 하는 일이 남아 있어서 명희를 살게 했지만 다른 역할은 할 수 없었다. 나이를 먹어 저절로 변하는 것 말고 다른 것은 하나도 가지지 않았다. 연인이 되는 것, 아내가 되는 것, 어머니가 되는 것, 할머니가 되는 것. 그런 건 할 수 없었다. 말로 할 수 없는 고통과 불행은 자기 하나로 충분해서. 자신으로 하여금 또 다른 사람을 불행하게 할 수 없었다.

처녀 시절부터 중년에 이르기까지 애정을 고백하는 남자들이 더러 있었다. 그 진심이 쓰라리게 느껴지기도 했다. 전쟁의 와중에 우연하게 식모로 들어앉게 되었던 집의 주인 남자, 그 남자의 동생, 그 남자의 아들까지 줄줄이 덮쳤던 기억 말고 남자와 맨살을 맞물려본 적이 없었다. 열세 살의 명희는 사타구니가 찢기는 고통을 느꼈지만 그 집에서 열여섯 살까지 벙어리처럼 일만 하며 살았다. 그 집 여자들은 모두 제 몸을 황소처럼 마구 부리며 일밖에 모르는 명희를 아꼈다. 여자의 성징인 생리는 그 집을 나와 공장에 취직한 열여덟 살 이른 봄에 시작됐다. 그날 변소에서 명희는 오래도록 울었다. 왜 우는지도 모른 채였다.

만찬까지의 두 시간을 보내려는 사람들은 온정각휴게소 근처를 산책하거나 끼리끼리 모여 갖은 소회를 털어놓기도 했다. 북측에서 운영하는 선술집 의자는 동이 났고 북한 물건을 사는 사람들도 꽤 됐다. 북한의 서커스가 공연되고 있는 원형극장으로 몰려가거나 건너편 찻집으로 커피를 마시러 가는 사람들도 있었다.

명희는 여전히 혼자였다. 누구도 명희에게 말을 걸지 않았다. 명희도 곁을 주지 못했다. 화단 가에 놓은 차가운 화강암에 걸터앉아 멍한 눈으로 허공을 바라보았다. 바람이 블록을 깐 광장을 바닥부터 쓸며 뿌연 먼지를 불어 올렸다.

언니는 어디 갔지?

명희는 불현듯 사방을 둘러보았다. 54년 동안 겉모습은 늙었는데 함께 늙지 못한, 딱하디딱해서 참혹한 감정 하나가 있었다. 그 감정 하나가 명희의 인생이 됐다.

등산용 배낭을 짊어진 젊은 단체 여행자들이 무리 지어 지나갔다.

여기가 어디지? 내가 왜 여기 있지? 아, 언니는!

명희는 얼얼했다. 눈앞이 하애졌다가 새카매졌다. 사람들이 보이다가 없어지고 빈 벌판에 사람들이 점점이 나타나기를 되풀이했다.

언, 니, 는, 어, 디, 갔, 지?

쌀이 떨어지기 전에 돌아온다던 언니……는.

명희는 예순여섯 살의 할머니였으나 지금 저 홀로 떨어져 앉아 뒤죽박죽인 애증의 심연에서 시달렸다. 늙어서도 벗지 못한 어린 계집아이의 옷이 명희의 살갗을 파고들어 살이 된지 오래였다. 엉덩이가 시리고 저릴 때까지 쑥돌에 앉아 있는 것도 여기가 언니와 함께 살던 문간방 앞이라고, 고집스럽게 착각해서였다.

명희의 54년처럼, 가족을 떠나 북으로 간 피붙이를 기다리는 쪽은 남측이었다. 금강산 높은 바위 봉우리로부터, 보이지 않는 해금강 푸른 바다로부터, 곧게 뻗어 울창한 금강산 솔숲으로부터 깊어진 가을의 저녁 기운이 기웃거리기 시작했다. 여기저기 흩어져 낯설고 눈치 보이는 감정을 다스리지 못하는 방문단의 나이 많은 사람들은 무겁거나 홀연하거나 들뜨거나 얼떨떨한 모습으로 첫 상봉을 겪은 만찬장 쪽으로 움직이기 시작했다. 오래도록 가위눌린 마음은 쉽게 원래의 것으로 돌아가지 못한 듯 보였다. 지독한 그리움은 아직도 저마다의 깊은 과거에 자취를 숨기고 있을 것이었다.

만찬장의 음식은 먹을 것이 담긴 그릇을 겹쳐놓아야 할 지경으로 가짓수가 많았다. 그러나 뜬 것들을 푸근히 가라앉히는 된장찌개, 혀에 짜르르한 김치, 볕에 잘 익은 조선간장에 담백한 간이 배고 들기름 내 그윽이 풍기는 나물 반찬은 없었다. 여기저기서 북측 억양이 기름처럼, 거품처럼 떠올랐다 꺼지곤 하였다. 술을 잔에 붓고 건배를 이끄는 인사말도 행사에 걸맞춰 순서대로 이어졌다. 전쟁과 분단, 이산의 의미가 그저 글자에 지나지 않는, 헤어진 이와 나누었던 추억이 없는 남측의 청소년들은 서둘러 음식을 먹고 자리를 떴다. 오고가고 주고받는 술은 잔치가 분명한데 분위기는 한사코 묵직하고 복잡했다.

그러나 어느 한 가족도 똑같지는 않았다. 벌써 과거를 현재로 만들어 가족의 안부를 묻고 화답하는 가족들도 있었다. 남측에서도 잘살고 북측에서도 남다르게 '성공'한 가족들이 대개 그랬다. 아무것도 먹지 못하고 언니의 손을 잡고 우는 늙은 동생, 좀체 눈을 마주치지 않는 늙은 수절 아내, 그 슬픔과 배반 감을 차마 감당하지 못해 눈치 보는 할아버지, 귀가 어둡고 눈이 잘 보이지 않는 어머니에게 음식을 떠먹여 주는 반백의 아들, 이런저런 높낮이로 웃고 우는 소리가 크고 작은 말소리에 뒤섞이고 있었다.

명희는 고개를 한쪽으로 튼 채 건배를 위해 채웠던 잔을 비운 세희를 보았다. 그리고 그 많은 음식 중에서 제육 한 점을 집어 먹는 것도 보았다. 그러나 세희가 그것을 씹으며 지난 10여 년의 참혹했던 '고난의 행군'을 떠올리고 있다는 걸, 명희로선 상상할 수 없었다. 북한의 수해와 홍수, 그리고 미국 등의 대북한 경제제재 조치 따위는 명희에게 현실인 적이 없었다. 그래서 지금 배곯아 죽어 나간 동무들이 걸려 모래알 같은 고깃점을 부실한 이로 어설피 오래도록 씹고 있는 세희의 슬픔을 명희는 도저히 헤아릴 수 없었다. 그게 세희에겐 섭섭하고 한편 가당찮았다.

"한잔해라. 먹은 거 내리기에도…… 술기운이 보탬이 된다."

세희가 말했다. 낮고 무겁고 싸늘했다. 조국의 자주 통일과 외세로부터 민족 자주성을 유린당하지 않으려는 당의 방침에 헌신한 평생. 어떤 슬픔, 어떤 그리움도 그것에 우선하지 않았다. 어떤 슬픔, 어떤 그리움에도 결코 부끄럽지 않았다.

명희의 손이 저절로 잔을 들었다. 언니가 든 잔에 부딪쳤다.

"찬이 풍성하구나."

세희가 말했다. 명희는 안주로 생선전을 집어 들었다. 한 입 삼키기 무섭게 속이 매스거렸다.

"명희야, 네가 내 동생이라면 민족의 자주 통일 사업에 동참해야 한다. 위대한 지도자 동지……."

"언니!"

순간 명희가 세희를 부르며 똑바로 쳐다보았다. 눈에 눈물이 그렁그렁했다.

"언니, 나 그런 말 들으러 여기 온 거 아니야. 난 언니를 한시도 잊은 적이 없었어. 언니가 내 언니라면 그때를 잊어선 안 되지. 내가 열두 살이었어. 미군 폭격기가 밤낮으로 떴잖아. 동네가 쑥대밭이 됐잖아. 난 어디가 어딘지 분간도 못 했다고. 타다 남은 나뭇가지에 걸린 사람의 내장이 뭔지, 팔다리만 떨어져 나뒹구는 게 뭔지, 죽은 어머니 가슴을 파고 우는 갓난아기가 뭔지…… 미쳐서 여태 살았는데 거기 희망을 지펴준 게 언닌데……."

명희는 울면서 말했다. 세희는 아무 말도 하지 않았다. 단지 깊은 한숨을 몇 번 쉬었다. 명희네 자리 몇 번 뒤쪽에서 노랫소리가 들려왔다. 남자 어른이 애절한 음성으로 〈황성엣터〉를 부르고 있었다. 매스거리던 속이 뒤집힐 것 같았다. 입을 앙다물고 구역질을 가라앉히려 애썼다. 어디서는 〈반갑습니다〉라는 북한 가요가 들려왔다. 좁은 통로를 사이에 둔 앞쪽에서 장년의 한 남자가 자리를 박차고 일어나 몸을 비틀며 급히 바깥으로 나갔다. 세희가 통일만이 살길이라고 말하기 시작했다. 명희는 방금 그 남자처럼은 아니었으나 황급히 일어섰다. 배 밑바닥부터 솟구쳐 오르는 구역질이 더 참아지지 않았다.

여자 화장실은 북적거렸다. 음식을 탓하는 사람, 행사가 지겹다고 말하는 사람, 돌아가고 싶다는 사람, 이런 게 다 저쪽의 '딸라벌이'라는 사람의 말 등이 무책임하게 섞이고 있었다. 이런 중에 급히 활명수를 찾고 우황청심환을 구하는 사람도 있었다. 명희는 변기 앞에 쪼그려 앉아 먹은 것을 모두 올렸다. 먹은 게 없어 쓴 물까지 넘어오는 듯하더니 이윽고 텅 빈 속이 편해졌다. 힘겹게 일어서자 눈앞에 별이 소나기같이 쏟아졌다.

이때 남자 화장실 앞이 와자해졌다.

"아니, 뭐 저런 게 있어! 저러고도 삼촌이야? 우리가 자기 땜에 얼마나 고생하고 살았는데 미안하단 말 한마디 없이, 뭐? 죽여버릴 거야! 죽여야 돼!"

사람들이 몸을 가누지 못하는 그에게 달려들었다. 그 남자는 죽일 거라고, 죽여야 한다고 연신 소리쳤다. 1분 정도의 소란은 화장실과 복도 쪽에 길고 큰 여운을 남겼다. 명희는 몸도 마음도 지쳐서 복도에 놓인 의자에 쓰러지듯 앉아 만찬이 끝날 때까지 들어가지 않았다.

그런데 이상했다. 두 시간의 만찬을 끝내고 버스로 숙소에 돌아와 씻지도 못하고 침대에 쓰러졌다. 명희는 북의 언니가 만나기를 희망한다는 말을 들은 이후 이날 밤 처음으로 깊은 잠을 잤다.

이튿날 아침, 비가 내렸다. 여태 명희를 사로잡았던 언니가 눈앞에서 사라지고 비안개에 젖어 고즈넉한 장전항이 바라보였다. 굵지 않은 빗줄기에 젖은 가을 풍경은 서늘하고도 아늑했다. 어제는 이곳으로 왔고 내일은 이곳을 떠날 것이었다. 오전엔 개별 상봉이 있고 점심을 먹은 뒤, 삼일포로 나들이를 갈 것이었다. 명희는 이런 일정들을 머리에 그리며 언니를 비웃고, 찰나에 버렸다. 마치 54년을 게워내듯 해일처럼 솟구치던 지독한 환멸의 감정도, 지금은 얼핏 우스울 지경이었다. 모두 거짓말 같았다. 54년조차 없던 세월 같았다. 행여 길에 떨어뜨릴까, 누가 훔쳐 갈까, 여미고 또 여민 천 불. 주지 말까? 야비한 맘도 스쳐 지나갔다. 식모로 가정부로 식당으로 공사판으로 병원으로 돌아다니며 못 배우고 가난하고 피붙이 없는 여자가 할 수 있는 일은 무엇이든지 다 했지만, 불광동에 스무 평짜리 다세대주택 한 칸 마련한 게 10년이 못 됐다. 곗돈도 떼이고 불쌍하고 급한 사람에게 빌려준 돈 받아본 기억도 별로 없었다. 게다가 사기 분양에도 걸린 적이 있어 벌어서 제 몸 위해 사치한 적 없고 일가친척 모르고 살아 누구 밑으로 들어간 돈도 없었지만 목돈으로 쥐지 못했다. 사람 말을 그저 믿어, 뭐가 사기인지 거짓인지 분간할 줄 몰랐다.

추운 북쪽에서 세희 언니 한겨울 춥지 않게 나라고 마련한 내의는 단체 선물로 모아졌다. 정해진 개별 상봉장, 호텔의 객실 한 칸씩이 배정됐다. 문 한 짝 사이로 난 복도에서 저벅거리는 발자국 소리가 자주 들렸다. 아, 얼마 만인가. 일흔 줄과 예순 줄의, 부모 자식 같은 자매는 도무지 입을 열지 못했다. 세희는 할 만큼 해서인지, 동생에게 조급히 주입하려 애쓰던 민족자주통일의 혁명과업에 대해 말하지 않았다. 몸에도 잡혔을 것 같은 얼굴과 손의 주름 사이로 비리고 서늘한 슬픔과 회한의 눈물이 저릿저릿 비끼는 듯했다.

"자식은 몇이나 됐냐."

두 시간의 개별 상봉. 말없이 반 시간도 넘게 흘려보낸 뒤에 세희가 낮고 젖은 목소리로 물었다. 무안당한 속 좁은 아이처럼 내내 고개를 숙이고 있던 명희는 불현듯 고개를 추켜들었다. 놀란 눈빛이었으나 표정은 굳어 보였다. 세희가 그 얼굴을 바라보며 모처럼 할머니다운 미소를 머금었다. 그런 동안에도 명희는 언니의 물음을 삭이지 못해 굳은 표정을 풀지 못했다.

"손자도 봤겠구나."

세희가 여전한 목소리로 말했다. 순간 명희의 얼굴에 모멸이 지나갔다. 세희가 생수병을 비틀어 마개를 열고 잔에 물을 따랐다. 세희가 마른 입술과 입안을 축이는 동안 명희의 입술이 파르르 떨고 있었다. 입안에서 까슬까슬하게 고물대던 말들이 결국 샜다.

"자식? 자식이 뭐래?"

명희가 빈정거림을 감추지 못했다. 순간 세희의 검은 얼굴에 더욱 검은 그림자가 어렸다.

"언니 사는 데선 손자라는 게 하늘에서 떨어져? 별나기도 해라."

명희는 다시 물잔을 들어 꿀꺽거리는 소리를 내며 마시는 세희에게 한 번도 해본 적이 없는 야비하고 가혹한 말투로 내뱉었다.

"난 언니가 기다리라고 한 날부터 이제껏 인생을 단 한 발짝도 떼어놓지 못했어."

명희가 입술을 깨물었다.

"언니는 어땠는지 몰라도 난 언니를 만나면 하고 싶은 게 딱 한 가지 있었어. 언니를 피 나게 때려주고 싶었어. 그런데……

나한텐 언니가 없었네. 그걸 몰랐어. 나이를 못 먹어서. 난! 아직두 열두 살……이라구!"

명희는 참혹하게 소리치고 입술을 깨물었지만 흐느낌이 감춰지지 않았다. 눈물 콧물을 수건에 닦았다.

"언니는 잘나서 나한테 자랑이 늘어졌지만 난 언니한테 보여줄 것도 자랑할 것도 없어. 언니의 자랑이 아무리 잘났어도 나한텐 쓸모가 없네. 그래서 못 받아줘."

명희는 자신이 무슨 말을 하는지 알지 못했다. 그저 터진 봇물처럼 말이 쏟아져 나왔다. 살아오면서 사람에게 이래 본 적이 없었다.

"난 기다려야 하는 줄 알았으니까. 그것밖에 하고 싶은 게 없었으니까. 그런데 알았어. 나한텐 기다렸던 언니가 없다는 걸. 그걸 알게 됐어. 죽을 때 눈 감고 죽을 수 있겠네."

명희의 열에 뜬 눈빛은 눈물에 젖어 더욱 번들거렸다. 세희의 등이 흔들리고 있었다. 명희는 마음껏 비웃었다. 비웃으며 주머니에서 천 불이 든 봉투를 꺼내놓았다. 5백 불 정도가 적당할 거라는 말을 들었지만 명희가 주고 싶은 건 그것의 천 배만 배였다. 하얀 봉투에 적힌 검정 글씨들. 그립고 그리운 언니께, 라는 글자가 봉투 위에서 둥실둥실 떴다.

명희는 세희가 떨리는 손길로 봉투를 집어 들 때, 자리에서 일어났다. 문밖은 벌써 어수선했다. 문이 꼭꼭 닫긴 방도 있었지만 활짝 열린 방도 있었다. 주어진 상봉 시간은 아직 반 시간이나 남아 있었다. 이곳에서 나가 함께 마지막 식사인 점심을 먹고 삼일포 나들이를 하면 끝이었다. 내일 아침 작별은 오전 열 시였다.

30분 후면 함께 만나 점심을 먹을 텐데 버스에 오르는 북측 피붙이를 한 번 더 보려고 차창이 잘 보이는 곳에서 누구는 손을 흔들고 누구는 버스로 이동하려는 혈육의 불편한 걸음을 부축했다. 북측에서 마련한 잔치 같은 점심 식사. 그러나 초조감이 긴장감에 뒤섞여 야릇한 잔치 분위기를 자아냈다. 삼일포 나들이에선 마지막으로 사진을 찍고 마지막으로 손을 잡고 볼에 볼을 맞대는 사람들이 많았다. 하지만 명희는 언니와 함께 걷지 못했다. 아침과는 달리, 공연한 뜨거운 울음이 자꾸만 목을 타고 치솟아 이런 격정이 부담스럽고 싫었다. 세희도 그런 명희를 붙잡지 않았다. 그림 같은 정적이 감도는 고요하고 정갈한 삼일포. 그 주위의 바위에 기대앉기도 하고 걷기도 하면서 명희는 무엇엔가 마비되어가기 시작했다. 어제 같은 야릇한 평화, 안도감, 개운함은 거짓말 같았다. 밤이 깊도록 잠을 이루지 못했다. 이게 꿈인가? 현실인가? 연극인가? 자꾸만 허공에 질문했다.

날밤을 새워 얼굴이 부석한 명희. 다른 사람들에게서도 어제의 들뜬 분위기는 지워져 있었다. 남북의 이산가족이 처음 만났던 그 자리에서 짧은 작별의 시간이 주어졌다. 첫날 밤, 남은 가족에게 연좌제라는 고통을 준 삼촌을 죽이겠다던 그 사람은 고요했다. 말이 많던 딸들, 동생들, 모두 숙연했다. 잘 살아라. 건강하게 지내자. 통일이 되면 만나자, 모두 공소(空疏)했다.

갑자기 뭉텅 주어졌던 시간. 마치 성냥불 같았다. 이제 손끝이 타들어가도록 위태롭게 남은 시간. 북측 사람들을 태우고 떠날 버스는 줄지어 서 있고 사람들은 자기 차를 찾아 버스에 올랐다. 그중 세희도 그렇게 버스에 올랐다. 아직 명희는 아무렇지 않았다. 이별은 오래 겪은 익숙한 것이어서, 이별이 뭔지 순간 둔해졌다.

떠날 준비를 끝낸 버스는 세상에 둘도 없는 침묵이었다. 사람들은 차창에 매달렸고 버스에 탄 사람은 차창을 열어 손을 내밀고 휘젓고 고개를 빼 두리번거렸다. 어디선가 오빠! 여보! 아버지! 삼촌! 비명이 울리기 시작했다. 발을 동동 구르는 어른, 주저앉는 어른, 휠체어에 앉아 손을 흔들다 얼굴을 감싸는 할아버지……. 그 사이로 명희가 '언니'를 외마디로 외쳐 부르기 시작했다. 언니한테 뭘 잘못한 게 있었는데, 그 말을 꼭 해야 하는데, 이렇게 헤어져선 안 되는데…….

아무리 외쳐 불러도, 발을 동동 굴러도 또다시 놓친 언니를 잡을 수는 없었다.

(작품집 《건너편 섬》 수록)

자술연보

저는 1948년 강원도 양양군 성내리 11번지에서 태어나고 자랐습니다. 양양유치원과 초등학교, 여자 중·고등학교를 다녔습니다. 이때는 유치원 다니는 것이 아주 특별해서 다 늙은 이즈음도 유치원 동창들끼리 만나면 우쭐대곤 합니다.

할아버지는 양양군 서면 송어리에서 사셨는데 남설악권의 해발 500미터가 넘는 산골이었고 너와집이었습니다. 그런 지역의 삶이 화전민이라는 건 나이가 든 다음에 이해하게 됐습니다.

그러니까 아버지는 산골 사람, 어머니는 양양의 농촌에서 '작은 서당집'으로 불리던 집안의 막내딸이었습니다.

저는 사춘기 내내 불행감에 사로잡혀 지냈고 특히 고향 땅을 미워했습니다. 수복지구인 양양은 특수했고 그 특수성이 저를 소설가로 키웠습니다. 부모님의 결혼생활은 거칠고 모순덩어리 같았습니다.

양양여자고등학교 3학년이던 1965년, 숙명여자대학교의 전국 여고생 단편소설 공모에 입상한 문학소녀였던 저는 결국 평생을 분단 모순과 양성불평등에 사로잡히게 됐고 운명이라고 생각합니다.

1966년 서라벌예술대학(2년제) 문예창작과에 억지로 들어가 소설 창작을 공부했습니다.

1973년 〈서울신문〉 신춘문예에 소설 〈확인〉이 당선되어 소설가로 등단했습니다. 등단 이후 전업 작가로 생활하며 집필 활동에 매진했습니다. 등단 몇 년이 지난 후에 여성작가로서의 사회적 책무를 깨달았습니다. 이전에 몇 권의 책을 내긴 했지만, 여성의 차별적 현실에 작가적 질문을 한 여성주의 연작소설《절반의 실패》로 알려지기 시작했습니다. 그 후 양성불평등을 우리나라의 근현대사에 담아낸(1932년부터 1963년까지) 장편소설《사랑과 상처》를 썼습니다. 이 소설은 양양이 무대인데 양양의 고유한 사투리로 쓰였습니다. 제4회 한무숙문학상을 받았습니다. 이후, 여성의 자기 정체성에 대한 혼란을 형상화한 장편소설《그 매듭은 누가 풀까》를 냈고, 여성의 성적 자기결정권에 대한 장편소설《혼자 눈뜨는 아침》을 발표했습니다. 중국 서남쪽의 사천성과 운남성에 걸쳐서 살고 있는 소수민족인 '모소족' 모계사회를 찾아, 가부장 사회와 다른 사회제도를 경험하고《이경자, 모계사회를 찾다》를 썼습니다. 그곳은 저에게 잊지 못할 '낯선 천국'입니다.

그리고 저는 우리나라의 기본 모순이 된 '분단'을 문학으로 형상화하는 일에도 열정을 다했습니다. 1950년 한국전쟁이 휴전협정을 한 1953년, 저의 고향이기도 한 강원도 양양의 지정학적 비극을 다룬 장편소설《순이》는 여섯 살 아이의 눈으로 본 전쟁의 참상입니다. 이 작품으로 민중문학상을 수상했습니다. 탈북 여성을 주인공으로 삼아 쓴 장편소설《세 번째 집》은 탈북의 근원을 일제의 식민지배결과로 인식하고 강제징용에서 비롯된 재일동포의 북송사업과 북한에 가서 '귀국자' 신분으로 소외되는 과정 등, 북한에서 태어난 자녀와 일본에서 태어난 부모 세대의 사상적 갈등을 담아냈습니다. 이 작품으로 불교문학상, 가톨릭문학상을 받았습니다. 이 외에도 박수근 화가의 생애와 예술을 형상화한 《빨래터》로 서민문학상을, 여성의 문제에 천착한 공로로 고정희상을 받았습니다.

하여간 상(賞)이라는 글자가 들어간 것 중에서 세월이 흐르고 흘러도 은근히 뻐기게 되는 상이 하나 있습니다. 제1회 '자랑스런 양양인상', 재경양양군민회에서 줬습니다.

글 쓰는 것 말고 해 본 것으로는 정무장관실의 여성정책위원과 환경부 홍보대사, 한국작가회의 이사장이 있습니다. 현재는 올 9월에 임기가 끝나는 서울문화재단 이사장이기도 합니다.

연구서지

김명인 〈이경자의 연작소설집 《절반의 실패》〉《희망의 문학》 풀빛, 1990.

이경덕 〈여성문제의 인식과 소설적 형상화-안재성, 공지영, 이경자, 양귀자의 최근 소설들〉《실천문학》 1993년 여름호.

원명수 〈페미니즘 문학에 대한 대비적 고찰: 〈위기의 여자〉와 〈혼자 눈뜨는 아침〉을 중심으로〉 한국비평문학회, 1994. 09.

고미숙 〈'뎅동어미'와 '이갈리아의 딸'을 넘어서 - 이경자의 《사랑과 상처》 윤정모의 《그들의 오후》에 대한 단상〉《당대비평》 4호, 1998. 06.

김양선 〈누추한 일상에서 건져올린 공생의 서사 - 이경자, 《정은 늙지도 않아》〉《실천문학》 2000년 봄호.

임영천 〈한국의 여성해방문학: 〈절반의 실패〉와 《혼자 눈뜨는 아침》을 중심으로〉 한국현대문예비평학회, 2000.

김은하 〈잃어버린 '어머니'와의 만남 - 이경자 《그 매듭은 누가 풀까》〉《실천문학》 2004년 봄호.

고명철 〈'맺힘과 권태'에서 '풀림과 신명'으로 〉《리토피아》 2006년 봄호.

고명철 〈이경자, 우주애(宇宙愛)를 품는 여성주의〉 웹진 《문장》 2009년 6월호.

안병삼 〈한중(韓中) 당대소설(當代小說) 속의 여주인공 '행복' 추구 비교: 이경자 《살아남기》와 심용(諶容) 《인중년(人中

年, 중년에 이르러)〉《인문과학연구》 25,
강원대학교 인문과학연구소, 2010.06.

김성규 〈이경자 소설 《가면》에 나타난, 가부장적 페르소나와 여
성적 글쓰기〉《문예시학》 문예시학회, 2012.

서영인 〈남존여비의 역사적 연원과 심리적 심층〉《동리목월》
2012년 가을호.

양진오 〈탈북자 아닌 그저 한 사람의 사랑: 이경자 《세번째 집》〉
《자음과모음》 2013년 겨울호.

고명철 〈'고독/그리움'을 휘감는 '동감(同感)사랑'의 글쓰기〉《건
너편 섬》 자음과 모음, 2014.

박정희 〈"괜찮아요, 금자 씨"라고 답함: 이경자 《건너편 섬》〉《자
음과모음》 2014년 겨울호.

이경자 소설이 품은 대설(大說)
−페미니즘 너머, 그리고 넘어

고명철

1. 작가 이경자의 문학세계에 발을 들여놓으며

작가 이경자의 소설을 읽어보고 그를 대해본 사람이라면 공감하듯이, 그의 품은 넓고 깊다. 그와 얘기를 나누고 있을 때면, 세상을 바라보는 삶의 진면목을 언뜻언뜻 훔쳐볼 때가 있다. 그는 어떤 사안이 지닌 부정해야 할 대상을 가차 없이 배제하는 게 아니라 그 대상의 '차이'를 인정하고, 더 넓은 사랑으로 품어 안음으로써 부정한 대상이 저절로 정화할 수 있는 길을 모색하게 한다. 그리하여 나는 그의 소설이 작은 이야기를 품는 큰 이야기, 즉 대설(大說)로 인도하는 자연스러움의 매혹에 흠뻑 젖어들었음을 고백해야겠다.

작가 이경자는 1948년 강원도 양양에서 태어났다. 양양여자고등학교 시절 숙명여자대학교에서 주최한 전국여고생 단편문학상에 〈멎어버린 행진〉이 입상하였고, 서라벌예술대학교(현 중앙대학교) 문예창작과에 입학하면서 본격적 문학수업에 정진하였다. 1973년 〈서울신문〉 신춘문예에 단편 〈확인〉이 당선되면서 작가의 길을 걷는다. 첫 소설집을 발간하기 이전 이경자는 한국사회의 가부장제 남근중심주의 아래 힘든 여성의 삶을 다룬 장편소설 《배반의 성》(1982)을 발표하면서 한국소설사에서 페미니스트의 선구적 면모를 보인다. 그의 이러한 진취적 소설 세계는 장편소설 《절반의 실패》(1988) 출간과 함께 이 작품을 원작으로 한 미니시리즈를 1989년 한국방송공사(KBS)에서 공중파로 방영되면서 사회적으로 엄청난 파장을 일으켰다. 드라마의 성공과 베스트셀러의 반열에 들어선 《절반의 실패》는 한국사회의 해묵은 고부간의 갈등, 맞벌이 아내, 남편의 외도, 가정폭력, 매춘, 이혼, 빈민 여성의 문제 등 가부장제의 억압적 현실에 직면한 다양한 여성 문제를 정면으로 다뤘다. 이경자의 이러한 소설은 한국소설사에서 여성적 자의식을 래디컬하게 문제화한 것으로 페미니즘 소설의 대표작으로 평가받고 있다.

그의 문제의식은 한국사회의 거대서사(해방공간, 한국전쟁, 산업화시대) 속에서 좀 더 깊이 탐구된다. 장편소설 《사랑과 상처》(1999)는 그 대표작이다. 그리고 장편소설 《그 매듭은 누가 풀까》(2001)를 계기로 여성성에 대한 근원을 탐구하게 되었고, 중국 윈난(雲南)성 소수민족의 모계사회를 경험하면서 종래 그가 견지해온 여성주의를 창조적으로 전복하고 넘어선 수필집 《이경자, 모계사회를 찾다》(2001)를 발표한다. 이후 이경자의 소설 세계는 남성/여성의 대립적 시각에서 여성해방을 추구하는 게 아니라 이 모든 대립과 갈등을 근원적으로 치유하는 우주적 모성성에 대한 글쓰기로 나아간다. 따라서 전통 무속(巫俗)의 세계가 갖는 소설적 진실을 다룬 장편 《그 매듭은 누가 풀까》(2003)와 장편 《계화》(2005)는 이와 전혀 무관하지 않다. 이후 이경자의 소설 세계는 한층 심화·확장되고 있어, 한국전쟁과 분단의 현실 속에서 여성의 성장서사를 다룬 장편 《순이》(2010)를 발표하는가 하면, 장편 《세번째 집》(2013)에서 일제식민지 시대의 상처와 분단의 상처가 중첩된 여성이 탈북자로서의 고통스러운 삶을 비롯하여, '동감─사랑'의 글쓰기에 바탕을 둔 소설집 《건너편 섬》(2014) 등을 발표한다.

이렇듯이 작가 이경자는 한국소설사에서 페미니즘 소설 쓰기의 새 지평을 개척하였으며, 이후 심화된 문제의식을 통해 '투쟁적 여성주의'를 넘어선 '공감과 사랑'의 웅숭깊은 소설을 보이고 있다.

2. 가부장제 남성중심주의에 대한 저항과 치유

1) 여성 차별의 구조악과 행태악에 대한 저항

2000년대 들어서면서 한국사회는 페미니즘에 대한 논의가 한층 진전되면서 페미니즘을 이루는 다양한 논의'들'이 한국사회 전방위로 심화 및 확산되고 있다. 조남주의 장편 《82년생 김지영》(2016, 민음사)이 불러일으킨 '김지영 신드롬'은 그 단적인 사례. 이 신드롬을 지켜보며, 한국문학사에서 작가 이경자의 또 다른 판본이 21세기에 출현하고 있음을 간과해서는 곤란하다고 나는 생각한다. 이경자의 두 소설집 《절반의 실패》(1988)와 《오늘도 나는 이혼을 꿈꾼다》(1992)[1]는 '김지영 신드롬'보다 시기적으로 훨씬 앞서 한국사회의 여성이 직면하고 있는 온갖 여성 차별의 심각성을 사회적으로 고발할 뿐만 아니라, 오랫동안 켜켜이 누적된 채 우리의 일상으로 내면화된 가부장적(家父長的) 남성중심주의 자체를 정면으로 응시하고 그것에 대한 래디컬한 비판적 성찰을, 말 그대로 전위에서 실행한다. 사실, 이경자의 여성 문제의식을 전면으로 표방한 소설 쓰기는 현재의 시선에서 보면 그리 주목할 게 없는 듯하다. 하지만, 한국문학사의 진보적 문학 흐름 속에서도 1987년 6월 항쟁 이전까지만 하더라도 페미니즘과 직간접 관련한 소설이 눈에 띄지 않을 정도임을 고려할 때, 1980년대 후반과 1990년대 초 이경자의 두 소설집에서 보인 문제의식은 이후 한국문학사에서 페미니즘 관련 서사의 리트머스지 역할을 맡는다 해도 과언이 아니다.

그의 소설에서 눈여겨볼 것은 중산층 여성은 물론, 노동자 및 도시 빈민으로서 하층계급의 여성뿐만 아니라 계급 이하의 계급, 즉 서벌턴의 삶을 살고 있는 여성에 이르기까지 그들이 겪는 사회의 구조악(構造惡)과 행태악(行態惡)을 들춰내는, 그리하여 가부장 남성중심주의로 훼손되고 억압된 인간의 온전한 삶을 회복하고자 하는 저항으로서 치유의 글쓰기가 갖는

---

1) 이 두 소설집이 갖는 선진적 문제의식은 최근 복간되면서 21세기의 독자에게 많은 사랑을 받고 있다. 이하 소설집의 부분을 인용할 때 복간된 책임을 밝혀둔다. 모두 '걷는사람'출판사에서 2020년 출간되었다.

힘이다. 〈미역과 하나님〉은 그의 이러한 문제의식을 적나라하게 보여준다. 이 소설에서는 고향을 떠나 서울에서 간난신고의 삶을 살다가 급기야 매춘부로 전락한 한 여성의 날것의 삶에 대한 이야기를 통해 그녀가 겪은 한국사회의 남성중심주의의 폭력을 뚜렷이 드러낸다. 탈향하여 서울의 영세 공장에서여성 노동자로서 억척스레 일하지만, 남성 노동자보다 열등한 대우를 받는 것도 모자라 사장에게 강간을 당하는 모멸과수모 속에서, 동네 절름발이 남자에게까지 성폭행을 당하는, "'나'라는 존재가 똥둑간에 나뒹구는 밑씻개"(178쪽)와 다를 바없는 버림받는 대상으로 전락한 악무한의 현실에 대해 분노한다. 그런데, 이 분노는 여성이 그리고 하층계급 여성 노동자가감내할 수밖에 없는 부당한 사회의 현실에 대한 즉자적 감정에 국한되지 않고, 이 부당성과 모순의 근간에서 작동하고 있는 어떤 형이상학적(종교적) 기율에 대한 래디컬한 비판과 전복의 문제의식에 맞닿아 있다는 것을 주목할 필요가 있다. 그래서, 작중 인물 '나'가 아래처럼 던지는 분노의 물음 속에서,여기에 머물지 않고, 분명 구체적인 결단과 행동으로 실현될것임을 예측할 수 있다.

이건 무엇인가 잘못되어 있기 때문이리라. 그 잘못된 게무엇일까. 하나님이 여자에게 내린 형벌인가? 도대체 하나님은 여자와 무슨 원수가 졌는가. 인간과 원수지는 하나님은천하의 쪼다가 아니냐. (179쪽)

"하나님은 천하의 쪼다가 아니냐"는 분노 섞인 냉소는 서벌턴 여성 자신이 겪은 모멸과 수모에 대한 체념의 성격이 반영된 게 결코 아니라 근대 이전부터 누적된 그래서 근대로 접어들어 더욱 심화된 남성중심주의에 기인한 여성 차별에 대한 서벌턴 여성의 날 선 비판을 수행하는 저항으로 손색이 없다.

그리하여 마침내 이경자의 작중 인물은 여성 차별의 구조악과 행태악 속에서 순종적 삶을 사는 게 아니라 "굴욕적으로 사느니, 차라리 경멸받으며 살고 싶었다. 완전한 실패보다 절반의 실패"(《절반의 실패》 292쪽)를 주체적으로 선택한다. 가부장 남성중심주의에 대한 통렬한 비판이자 여성의 자기 존재를 새롭게 정립하는 글쓰기가 본격화되기 시작한 것이다.

2) 완고한 여성주의를 넘어서는 치유의 글쓰기

여기서, 이경자의 소설 세계에서 초기 여성 문제의식은 한국사회의 가부장 중심주의 풍토에서 온갖 성적 모멸과 희생을 감내해야 하는 사회적 약자로서 여성이 갖는 문제의식을 결코 회피하지 않되, 남성과 대결 구도를 통해 가부장으로서 남성이 소유해온 사회적 권력을 쟁취하려는 '투쟁적 여성주의'를 극복하고자 하였다. 이것은 이경자의 문학에 대한 페미니즘 평가에서 간과해서 안 된다. 이와 관련하여, 그의 장편 《사랑과 상처》(실천문학사, 1999)는, 박완서가 이 작품의 발문에서 "이 소설은 이경자로서는 필생의 작업"이라고 언급했듯, 작가 이경자의 문학을 제대로 이해하기 위해서는 필독서가 아닐 수 없다.

사실, 《사랑과 상처》를 읽을 때마다 한국사회에서 남성으로 살고 있다는 것 자체에 대한 모종의 자괴감으로 인해 부끄러움, 슬픔, 처연함 등이 복잡하게 뒤엉킨 감정에 노출된다. 아무리 한국사회가 가부장 중심주의로 이루어졌다고 하지만, 이렇게 막무가내로 심지어 맹목적으로 남근주의에 포박돼 있다는 사실은 섬뜩하면서도 슬프기 그지없는 일이기 때문이다. 《사랑과 상처》의 작중 화자인 '나'는 여성으로서 일제강점기와 해방공간 그리고 6·25전쟁을 거치면서 여성의 삶을 살아가는데, 아들에 대한 집착이 보여주는 한국사회의 남근주의 혹은 가부장주의가 여성의 삶을 얼마나 옥죄고 있는지를 여실히 증명해준다.

소설에 나오는 "쓸데없는 지즈바 간나들"(1권, 63쪽), "밥만 축내는 저런 지즈바 간난 나가 돼져야 한다"(1권, 46쪽), "귀신은 뭘 먹길래 저런년어 간나를 안 잡아가느냐"(1권, 46쪽) 등 여성 폄하의 언어에 묻어 있는 남존여비의 이데올로기는 한국사회의 인간에 대한 존엄성과 민주주의적 가치를 무색하게 한다. 무엇보다 심각한 것은 가부장의 권력을 소유한 남성의 시각에 의한 것보다 남존여비의 온갖 차별적 피해를 입은 여성의 시각에 의해 여성 폄하의 언어와 행동이 거침없이 보인다는 점이다. 가령, '나'의 어머니는 하나밖에 없는 아들의 죽음을 두고 그 죽음의 원인을 온통 딸들의 존재 탓으로 돌려버리는 대목이 있다.

"저 찢어죽여도 성이 차지 않을 저년! 저년어 간나가 드세 빠져서 지 오래비 잡아먹었지! 저년을 잡어 저승사자한테 보내야 해!"

우리의 슬픔, 박탈감, 공포 이런 것들은 그 나이의 우리로
선 감당할 수 없는 것이었다. 우리는 살고 죽는 것, 자기 자
신에 대한 본능적인 애착…… 그런 성정을 마비, 혹은 고사
(枯死)당한 채, 그저 물체처럼 있어야 했다. 사흘장 내내. 고
아들처럼. 가난한 집 아이가 부잣집 잔치 마당을 비굴하게
기웃거리듯, 우리는 오빠의 장례 사흘 동안 그렇게 지냈던
것이다. 하지만 아무도 우리들의 이런 참혹한 버림받음에 신
경을 써주지 못했다. 우리 자신도 우리의 처지를 비관하지
않았다. 우리는 이미 '비관 그 자체'였으므로, 비관의 감정을
따로 가질 수 없었다. (1권, 51-52쪽)

아들의 죽음은 일제강점기의 시대적 고통이 낳은 역사적 비
극에 그 본질적 원인이 있음에도 불구하고 '나'의 어머니는 딸
들 때문이라는 억지스러운 원인을 고집한다. 그러니 딸들은
'비관 그 자체'일 수밖에 없듯, 완고한 여성주의자들은 이 부분
을 못마땅해할 게 분명하다. 심지어 작가에게 여성주의 의식
이 철저하지 못하다며 맹렬한 비난을 퍼부을지도 모른다. 그
런데, 오히려 완고한 여성주의자들의 이러한 태도는 겉으로
볼 때 래디컬한 여성주의처럼 보이지만, 인간의 삶을 깊이 있
게 성찰하지 못하는 성급한 관념적 인식에 불과하다는 생각
을 지울 수 없다. 오랜 가부장 전통의 습속에서 살아온 여인들
에게 느닷없이 그 전통을 전복시키는 혁명적 언행을 요구하는
것처럼 비현실적인 일은 없지 않을까.
　오랜 습속일수록 그것이 일상의 관습으로 고착화된 것일수
록 그것을 혁신하기 위해서는 그만큼의 고통이 동반되어야 하

고, 그 과정에서 감당하기 어려운 상처를 감내해야 한다. 그것은 우리가 얼마나 가부장 중심주의의 억압적 폐단과 남근중심주의의 차별적 고통 속에서 서로에게 씻을 수 없는 상처를 입혔는지에 관한 정직한 대면에 있다. 부끄럽고 치졸하다고 외면해서는 안 된다. 물론, 그럴 수밖에 없지 않았느냐고 상황 논리로 봉합해서도 안 된다. 그렇다고 단숨에 부정한 것을 척결해야 한다는, 선악 이분법의 논리로 급히 예의 문제를 해결해서도 안 된다. 그래서인지, 작가는 《사랑과 상처》에서 우리의 추한 모습들을 마주하도록 한다. 상처를 입고, 상처를 입히고, 그러면서 상처가 치유되는 이 모든 과정을 통해 뭇 여성이 여성으로서의 자기 세계를 온전히 정립하는 아름다움에 주목하고 있는 것이다.

3. '동감 – 사랑'의 글쓰기

이경자의 소설집 《건너편 섬》(자음과모음, 2014) 전체를 휘감고 있는 아우라는 어떤 슬픔의 아우라에 젖줄을 대고 있다. 여기서, 소설집에 실린 〈박제된 슬픔〉과 〈언니를 놓치다〉는 분단 이산의 상처가 내밀히 다뤄지고 있는바, 《건너편 섬》에서 주목된다. 그동안 한국소설사에서 숱하게 다뤄진 분단 서사와 달리 이경자의 분단 서사는 감상적 낭만주의로 포괄할 수 있는 통일추구의 서사와도 거리를 둘 뿐만 아니라 분단이데올로기의 이념적 질곡과 모순에 대한 사회과학적 상상력의 서사와도 거리를 두고, 그밖에 최근 붐을 일으키고 있는 디아

스포라와 탈식민주의 서사와도 거리를 둔다. 이경자의 분단 서사는 〈박제된 슬픔〉과 〈언니를 놓치다〉에서 공통적으로 읽을 수 있듯, 60여 년 넘게 분단의 고통을 앓고 있는 당사자들의 삶에 직핍함으로써 그들을 짓누르며 그들의 삶을 헤집어놓았던 정치 사회적 이념의 대립과 갈등으로부터 비롯한 상처와 아픔의 저 심연의 속살을 매만지는 '동감(同感)의 글쓰기'가 갖는 진정성에 주목하도록 한다.

이경자가 무엇보다 분단 이산가족에서 눈여겨보는 것은 레드콤플렉스와 반공주의로 지배되고 있는, 다시 말해 분단이데올로기의 폭압 아래 일상이 온통 지배당하는, 결국 "자신을 스스로 국가로부터 사회로부터 지역으로부터 가족으로부터 파문(破門)"(〈박제된 슬픔〉 74쪽)할 수밖에 없는 극한의 자기소외를 넘어 자기파괴로 치달은 삶의 상처다. 그리고 낯선 곳에서 어린 자신을 홀로 남겨둔 채 사라진 언니에게 맺힌 분노와 그리움, 허탈감이 뒤섞인 채 뒤죽박죽 정리 안 된 분단의 상처들이 언제 치유될지 기약할 수 없는 고통으로 살아남은 자에게 고스란히 남아 있는 분단의 현재적 고통이다(〈언니를 놓치다〉).

여기서, 우리는 분단 이산가족의 내면에 흐르고 있는 "모든 것에 대한 증오와 저주가 사실은 참을 수 없는 그리움"(〈박제된 슬픔〉 64쪽)에 뿌리를 둔 심경인데, 이것은 "애증의 심연"(〈언니를 놓치다〉 29쪽)에서 솟구치는 그 어떠한 것보다 순결무구한 '그리움'의 심경이라는 점을 가볍게 보아 넘길 수 없다. 남쪽에서 잘 살고 있는 석이네가 갑자기 북쪽에서 간첩으로 남파된 외삼촌의 틈입으로 인해 모든 삶이 풍비박산이

나면서 "육지 속의 섬"(〈박제된 슬픔〉 73쪽)으로 순식간에 전락하였고, 꿈에 그리던 이산가족을 상봉하는 자리에서도 북쪽의 체제를 선전하는 데 여념이 없는 언니의 모습을 보며 분단의 현재적 고통은 결코 관념이 아닌 엄연한 현실이라는 것을 뼈저리도록 새긴다. 그러면서도 이러한 언니의 처지를 진심으로 이해하지 못한 채, 게다가 언니의 내면에 자리한 분단의 상처를 따뜻하게 어루만져주지 못한 채 일방적으로 자신의 넋두리를 늘어놓은 데 대한 동생의 자조(自嘲)의 심경이야말로 21세기 분단의 시대를 살고 있는 우리가 깊이 성찰해야 할 분단의 아픔이다.

그래서 한국문학의 분단 서사는 이경자의 소설을 통해 한층 성숙해지고 풍요로워졌다고 말할 수 있다. 여전히 현재 진행 중인 남과 북의 분단 현실 속에서 지금부터라도 분단의 상처를 치유하고 분단 이산가족의 슬픔을 외면하지 않는 것은 긴요하다. 이 일은 상투적이고 관성화된 관심과 당위적 차원의 통일지상주의를 경계하면서 이산가족들 사이에 난마처럼 맺히고 뒤엉킨 이른바 분단의 감성을 해원(解寃)하는 노력이 절실히 요구된다. 이 일을 작가 이경자는 그 특유의 분단 서사로 실천하고 있다.

이러한 글쓰기는 그동안 작가가 득의(得意)한 서사적 성취에 자족하지 않고 끊임없는 정진으로 자신의 소설 세계를 쇄신하면서 보다 웅숭깊어진 서사의 진경을 향한 어떤 구도적 차원의 모습을 보인다. 그렇기 때문에 "제왕같이 살았"(〈미움 뒤에 숨다〉 6쪽)던 아버지의 존재 자체에 대한 혐오와 부정의 태도를 취하는 가족들로 하여금 아버지를 짓눌러온 사회적 모든 관계로부터 스스로를 유폐시킨 채 급기야 머나먼 타국에서 자살을 선택할 수밖에 없는 비극적 운명에 대한 성찰에 기반한 "아버지의 감추어진 존재감"(〈미움 뒤에 숨다〉 9쪽)에 깃든 진실을 이해할 수 있는 것이다. 그리하여 한국에 있는 아버지의 방치된 산소를 우두망찰 보면서 작중 인물 '나'는 "엄마는 미움도 사랑이며 어떤 삶이든 한 덩어리의 사랑이라고…… 당신의 슬픔과 고독과 소외, 그리고 미움 뒤에 숨어서 부끄러움을 무릅쓰고 수줍게 알려주었던 게 아닐까."(〈미움 뒤에 숨다〉 11쪽)라는, 미움과 부정을 승화시킨 사랑의 진실을 드러낸다.

한때 엄마는 "아버지의 자살을 무책임의 극단이라고" "자식을 조금이라도 생각한다면 그런 결말을 지어선 안 된다고, 그러니 끝까지 이기주의자라"고 주저 없이 증오하였으며, 자식인 '나'는 "아버지가 없기를" "차라리 아버지가 죽기를 바란"(〈미움 뒤에 숨다〉 7쪽), 이른바 '아버지 살해의식[殺父意識]'을 지녔던 것을 상기해볼 때, 이 같은 아버지의 전존재에 대한 이해와 사랑은, 아수라 같은 삶의 지옥과 언제 가라앉을지 예측할 수 없는 삶의 풍랑을 견뎌낸 작가 이경자가 독자와 함께 '동감'하고 싶은 삶의 진실이 아닐까.

사실, 말이 쉽지, 이러한 삶의 비의성을 '동감'하는 일은 좀처럼 쉽지 않다. 〈콩쥐 마리아〉에서는 인생의 말년을 미국에서 보내고 있는 두 할머니가 험난한 이민 생활을 겪으면서 조국에 대한 애증이 두텁게 쌓인 채 서로의 이민 생활에 대해 미주알고주알 넋두리를 한다. 머지않아 '한인 미주 이민 백 주년'으로 이민 사회가 떠들썩할 텐데 두 할머니에게 이러한 경축 행사는 어디까지나 미국 사회에서 재현되는 남성 중심의 사회적 권력 과시 행사 그 이상도 이하도 아니다. 백인 사회에서 힘들게 일상을 살아온 유색인종 여성의 고단한 일상사는 세계 초강국인 '미국 시민권'을 획득하는, 미국의 보은(報恩)을 입었다는 것으로 치장되기 일쑤다. 마치 행복이 보장된 것인 양 말이다. 그리하여 "한국 이민 백 년사의 초석은 우리가 '양색시'라고 경멸해 부르기를 서슴지 않는 여성들의 '자기희생'을 토양으로 했다는"(《콩쥐 마리아》 53쪽) 슬픈 이민사의 상처는 세척되고, 그 '양색시'가 누구인지를 찾으려는 천박한 이민 사회의 풍경이 도드라진다.

말하자면, '한인 미주 이민 백 주년'의 표상에는 두 할머니를 비롯한 이민자들의 치열한 삶의 진실이 감춰져 있다. 이렇게 한국을 떠난 곳에서도 세계와 단절된, 아니 세계악(世界惡)으로부터 스스로를 유폐시킨 디아스포라의 고독의 상처가 존재한다.

4. '소설가 – 무당'의 구원과 해원

이경자의 문학에서 《계화》(생각의나무, 2005)는 소설이되, 소설의 경계에 갇혀 있지 않다. 비록 작가는 내림굿의 전 과정을 소설이란 예술형식을 빌어 속속 재현해내고 있지만, 재현 과정에서 '근대적 예술형식 – 소설'과 길항하는 '전근대적 예술형식-무가(巫歌)'의 관계를 통해 《계화》만이 갖는 독특한 '내용 형식'을 보증한다. 《계화》를 통해 우리는 근대의 문명 세계로부터 망실되어 가는 굿의 진정성을 대면한다. 이경자는 흔히들 미신이라 치부하는 굿에 대한 편견을 걷어내면서 우리 각자의 삶에 어혈진 한(恨)을 한바탕 신명 난 굿거리로 풀어낸다. 그리하여 그가 각별히 주목한 대상은 바로 굿의 주관자인 무당이다.

그는 작품 곳곳에서 무당의 존재를 언급하는데, 우리가 주목할 것은 늘 타인의 불행을 위무하는 무당의 존재 가치다. 무당은 자신의 행복을 갈구하지 않는다. 행복을 욕망하는 것은 무당이 아니라 무당을 찾아온 사람들이다. 무당은 그저 굽이굽이 맺혀 있는 사람들의 한을 풀어주고, 그들이 정상적인 삶을 살 수 있도록 신명을 북돋워주면 되는 것이다. "사람이면서 사람이 아니고 귀신이 아니면서 귀신이어야 하는 게 무당"(24쪽)인바, 무당은 "평생 신과 사람 사이를 오락가락하면서 떠돌이로 살다 쭉정이가 되지 않으면 다행"(27쪽)이다. 바꿔 말해 무당은 '반신반인(半神半人)' 혹은 '비신비인(非神非人)'의 존재로서의 숙명을 견디는 삶을 살아야 한다.

이러한 무당의 숙명을 소설 속 인물 연주도 자신의 그것으로 받아들여야 한다. 혹독한 무병(巫病)을 앓은 후 연주는 내림굿을 통해 비로소 무당으로 갱생한다. 《계화》는 연주의 입무식(入巫式)이라 해도 지나친 말이 아닐 만큼 내림굿의 세밀한 과정이 풍부히 형상화되고 있다. 연주의 이러한 입무식을 보면서 우리는 다양한 굿거리에 참여하게 된다. 그중 우리의 오감각을 바짝 곤두서도록 하는 대목은 단연 작두날을 타며 추는 춤사위와 세상 사람들에게 내뱉는 공수의 마디마디에 배어 있는 삶의 진실과 만나는 일이다. 내림굿의 절정인 작두날

위에서 하는 연주의 공수를 들어보자.

　"신어머니! 그동안 참 많이도 고생하셨습니다. 모진 수모
도 잘 견디어내셨습니다. 신의 동기들. 아직 부족한 햇병아
리 한 마리 생긴 거 반겨주세요. 어떤 경우에도 견디고 참아
내고 본분을 잊지 않도록 때려주세요. 여러분 길지 않은 인
생. 미워하지 말고 악하게 하지 말고 욕심 쓰지 말고 편안하
게 함께 살아요. 우리가 누구의 자손입니까. 저 하늘, 이 땅
저 나뭇가지 위의 우짖는 새, 개미, 지렁이, 어느 하나 필요
없이 생긴 목숨 없습니다. (중략) 여러분. 있지도 않은 거 만
들어서 그 속에 꽁꽁 매여서, 콱! 갇혀서 누굴 탓하고 원망하
고 그러지 마세요. 있지도 않은 허물, 죄에 스스로 떨고 경계
하지 마세요. 자기 자신 속에 있는 신명님 받들고 돌보세요!
명도 복도 자기 안의 신명님에게 있습니다. 저는 이 부드럽
고 따뜻한 작둣날 위에서 그걸 깨달았습니다. 여러분 부디
자기 자신 용서하시고 존중하시고 사랑하세요!"(274쪽)

　세상의 뭇 사람들과 함께 더불어 사는 것, 아니, 세상의 모든
살아 있는 생명체들과 함께 더불어 사는 것, 그래서 자신만의
욕망의 미궁에 갇히지 않는 것, 이것들이야말로 우리 모두가
비루한 삶을 비루하지 않게, 천박한 삶을 천박하지 않게, 그리
고 증오의 삶이 아니라 사랑의 삶으로 살게 하는 신명을 북돋
우는 삶의 태도라 해도 손색이 없다. 시퍼런 작둣날 위에서 연
주의 공수는 이렇게 굿에 참여한 사람들에게 전해진다. 물론,
연주의 이 공수는 연주의 내림굿에 참여한 사람들에게만 국한

된 것은 아닐 터이다. 비록 굿에 참여하지 못했지만, 신과 인간 사이의 매개 역할을 해주는 무당으로서 거듭나는 경이적 순간에 연주의 공수는 세상을 향해 들려주는 진실의 전언과 다를 바 없다.

이러한 연주의 내림굿으로부터 우리는 굿과 관련한 편협함에서 벗어날 수 있다. 《계화》를 통해 읽을 수 있듯, 굿은 사람을 미혹하게 하는 말 그대로 삿된 게 결코 아니다. 소설 속 신어머니인 계화와 다른 무당들도 그런 것처럼 연주 역시 그녀의 박복하고 기구한 삶은 굿을 통해 놓여난다. 굿을 통해 그녀는 생의 고통으로부터 풀려나 그녀의 상처를 치유할 뿐만 아니라 다른 사람의 생의 상처마저 치유할 수 있다. 산 자와 죽은 자 모두에게 맺혀 있는 한을 풀어줌으로써 말이다.

우리는 이러한 연주의 내림굿을 지켜보며, 연주네 가족의 해원은 물론, 우리 각자의 가족과 사회, 더 나아가 국가, 인류와 맺는 불화의 관계를 치유해내는 어떤 보편적인 힘을 욕망하기도 한다. 이것이 바로 우리의 굿이 지닌 모든 차별의 경계와 구별 짓기를 무화시키는 공존 및 상생의 힘이라고 나는 생각한다. 그렇다면, 이경자의 《계화》는 '근대적 예술형식-소설'과 '전근대적 예술형식-무가'의 창조적 만남을 통해 서구식 근대가 빚은 세계의 악무한으로부터 난 상처를 치유하고, 새로운 세계로 거듭나기 위한 미적 고투의 산물이 아닐까. 《계화》를 단순히 민족적(혹은 민속적) 구비문학(서사무가)이나 연행예술(굿거리)만의 의미로 국한시킬 수 없는 것은 바로 이러한 이유들 때문이다.

이것은 작가 이경자의 글쓰기마저 무격(巫覡)의 또 다른 역할을 수행하고 있는 것을 보증한다. 그렇다. 작가 이경자는 우리 시대의 상처받은 모든 존재를 어루만지며 위무하고 치유하는 '소설가 – 무당'이리라.

고명철_mcritic@daum.net
문학평론가. 1998년 《월간문학》 신인문학상에서 〈변방에서 타오르는 민족문학의 불꽃-현기영의 소설세계〉가 당선되면서 문학평론가 등단. 저서로 《세계문학, 그 너머》《문학의 중력》《흔들리는 대지의 서사》《리얼리즘이 희망이다》《잠 못 이루는 리얼리스트》 등 다수. 젊은평론가상, 고석규비평문학상, 성균문학상 수상. 현재 광운대 국어국문학과 교수.

한 분 순

한분순 / 1943년 충북 음성 출생. 서라벌예술대 졸업. 1970년 〈서울신문〉 신춘문예 시조 당선으로 등단. 서울신문·세계일보·스포츠투데이 문화부장 등과, 한국여성문학인회 회장, 한국시조시인협회 이사장 역임. 시집 《실내악을 위한 주제》《서울 한낮》《손톱에 달이 뜬다》《저물 듯 오시는 이》《서정의 취사》외 산문집 다수. 한국시조문학상, 정운시조문학상, 한국시조시인협회상, 한국문학상, 가람시조문학상, 현대불교문학상, 송운시조문학상, 대한민국문화예술상 등 수상. bshan3@naver.com

문질빈빈(文質彬彬)의 광채

저 이 겨레 떨쳐 일어나 독립 만세를 부르던 1919년을 한 해 앞서, 만해는 나라 찾기의 첫걸음으로 《유심》을 창간하였다. 우주만물의 일이 오직 마음으로 이루어지니 겨레의 얼을 일깨우는 큰 가르침을 담아내는 그릇이었다. 그로부터 80성상을 지나 설악무산이 시 전문지 《유심》을 복간하고 이어 '유심작품상'을 제정하니 올해로 19회를 맞는다.

올해 특별상 수상자로 선정된 한분순 시인은 1970년 〈서울신문〉 신춘문예에 시조로 등단 이후 반세기토록 조선시대 여류시인들이 이 땅의 산과 물을 다 흔들었던 그 정한이며 가락을 새로운 창법과 깊이로 경작해오고 있다.

시조 쓰기의 온축(蘊蓄)뿐 아니라 한국시조시인협회, 한국여성문학회 등의 수장으로서 시조의 위상을 높이고 시조의 세계화에도 남다른 역량을 보여주었다. 여기에 더 할 것이 올해의 벽두에 상재한 시조집 《시인은 하이힐을 신는다》가 보여준 문질빈빈(文質彬彬)의 눈부신 광채였다. 〈낭만은 일렁이고/ 잎들은 웅성댄다/ 바스락/ 발끝에 내는 소리는/ 기다림/ 겨울이/ 혀 아래 숨긴/ 그대라는/ 봄의 뜻〉(〈봄은 아스피린〉 전문). 시조가 이러했던가. 섬뜩하리만치 날 선 감성이 베어내는 언어의 조탁(彫琢)이 시조와 자유시의 경계를 허물고 지금까지 만나지 못했던 세계를 펼치고 있다.

이로써 유심작품상은 화룡점정(畵龍點睛)이 되어 또 한 번 설악 백담이 천둥소리를 내며 흐르리라. 경하하며 사봉필해 (詞峰筆海)를 빈다.

심사위원 / 구중서, 김영재, 박시교, 신달자, 오세영, 이근배(글)

글쓰기와 고독의 방생

'유심'이 가리키듯, 만물은 마음의 표현이며, 작품은 마음의 형식이다. 탐내지 않는 순전함으로 글을 닦으려 한다. 싱싱하면서도 잘 익은 글을 지어서, 문장을 채식하듯 읽는 이에게 드릴 것이다.

밤은 별들을 뜨개질해서 신화를 만들어 낸다. 작가는 성실하게 어휘들의 궁전에서 문학을 위한 광채를 경작하는 존재이다.

글쓰기는 고독의 방생을 도와주며 창작하는 외로움 곁에서 문학은 그렇게 위로가 된다. '유심'이 주신 특별상을 공손히 받아들며 격려의 포상으로 여긴다. 초시간적으로 의미 있는 '유심'의 시대 정신에 작은 필력을 보태며 봉헌하려 한다.

실존의 기쁨을 탐구하되, 우울은 영광이며, 그것을 이긴 작가에게 '유심'은 영속성의 동력을 건넨다. 그 고마운 문학의 정반합 우주에서 글은 본질적 영원을 이룬다.

경쾌한 미학으로 겸손히 생활 속 시시콜콜함을 사랑스럽게 탐색하면, 올올이 헤어져도 입을 벌려 웃는 양말처럼, 은닉된 자비심이 발견된다.

문학은 계몽하려는 지성이 아닌 감성의 현자이다. 글을 좋아하는 이들과 나란히 걷는 존재가 되어야 옳다. 문학이 기하학 시대에 갖춰야 하는 것은 섬세함의 세계관이다. 그 태도는 석가모니 설법을 잇는 혜안과 닮았다. '유심'에서의 특별상을 새로이 만상의 갸륵함을 받드는 기점으로 삼을 것이다.

모든 것이 의도로 움직여도 예술의 지향은 여전히 예술이다. 현대문학이라는 명명에 어울릴 요소를 가늠해 본다. 공동체 보편에 관여하는 이지적 서사에 더하여 개인 삶의 서정을 포용하는 것이다. 문장은 미물의 경이로움을 기적처럼 포착하며 모두에게 경의를 표해야 한다. 그것이 멋진 작법이다. '유심'에 깃든 아름다움처럼 목적과 그 결이 똑같은 반듯한 방법으로 문학에 정진하려 한다.

흰 원고지는 정갈히 글을 쓰는 저마다에게 사려의 도량이 된다. 조그만 책이 놓인 풍경을 가만히 보면, 두 손을 마주 대어 합장하는 형태와 같다.

작가는 침묵에 들어 있는 슬기로움을 찾아내며 통속을 애틋하게 품는다. 진리와 바름을 철학하면서 독자들의 기쁨이 될 겸양에 닿으려 한다. 책 위에서, 행간은 깨끗이 쓸어 둔 여백으로 청정하며, 활자는 수줍은 깨달음이다.

속 깊은 대지는 꽃이 칼의 형상으로 돋는 까닭을 안다. 색채와 향기로 적막함을 관통하여 여흥을 생산하는 것이다. 그러기에 흙은 낙화를 기꺼이 재생시킨다. 꽃 되지 않은 낱말이 모여 글이 된다. 지혜의 말씀이 그렇듯 강력함은 보드라움에서 나오는 것이다. 연꽃은 그림자마저 반짝인다. 문학을 밝히는 연등으로 '유심'은 언제나 어김없이 환하다. 같이 길을 열며 세세생생 글을 지으려 한다.

한분순

은필 소묘: 투명 등 5편

터질라 잡는 듯 살짝 놓쳐야지

사라질지도 몰라

돌빛
감아 앉는
투명

거울 속
막 밝는 아침

몸짓 뒤로
구르는
환(幻)

— 시집《시인은 하이힐을 신는다》(2021)

노을, 멋을 갓 익힌 젊은 게이처럼

새 옷들 사들이려 설움을 내다 판다

멋을 갓 배운
게이같이
슬프기에는 너무 예쁜

노을이 꽃벼락처럼 마음을 들고 뛴다.

—《창작21》 2020년 가을호

양말 희극

구멍 난 양말들은
어디로 가는 걸까

타인의 생을 감싸
올올이 헤어져도

이별에
사무침 없이
입을 벌려 웃는다.

— 《시조21》 2017년 여름호

리필해 주서요, 젊음

오늘도
야금야금
나이를 먹다가

그 컵에
있던 것을
건드려 쏟아내고

다시금
리필 받으며
젊음도 새로 시켜

— 시집《시인은 하이힐을 신는다》(2021)

달걀후라이 개기 일식

껍질을 벗어나면
하늘이 열리고

해와 달이 가만가만
서로에게 스며드는

기름진
둥근 땅에서
큰 우주를 누린다

저물 듯 오시는 이 등 10편

저물 듯 오시는 이
늘
섦은
눈빛이네

엉겅퀴 풀어놓고
시름으로
지새는
밤은

봄벼랑
무너지는 소리
가슴 하나 깔리네.

— 《심상》 1976년 11월호

호수

네 안에
고인

목숨
하늘같이
이쁘다

사슴,
발 씻고
간 뒤
잠자리
맴돌다 존다

여름날
물빛을 시새며
오래
꿈을 낚는다.

— 〈한국일보〉 1974년 9월 21일 자

가을

새벽을 깔고
지나가는
긴
은총의 숲이여

가지에 설레는 말씀
물빛은
더욱 깊고

세상을
한눈에 담아도
아프지는 않겠네

—《심상》1976년 11월호

청(靑)

여름은
내 곁에
아직 무성(茂盛)히 있네

깊숙한 골짜기에서
한잠 자고
이내를 건너

더러는
빠뜨리고 더러는
또 손에도 들었네

──《한국문학》1978년 3월호

연기의 추상

1
맴돌다
감기다가
뱅, 뱅, 맴돌다 슬리는

차지도 뜨겁지도
그 중간도 아주 아닌

그을려 그을려서 된
봄⋯⋯꽃⋯⋯
환한
그런 꿈

2
비로소 깨달았네. 회한을 꼭 닮은 것
섦어서 별리가 섦어 화석이 된 공기여

3
숲에 살자. 갈밭은 싫니?
별이 쏟아지는 밤이면 아무 데든 어떻누?
목숨을 빚을 무렵에 의례 서리는 촉루

— 《월간문학》 1970년 7월호

서정의 취사

담아 보았더니 손에 가득 찼다. 무던한 물인데도 살갑게 달
라붙는다. 손금을 드나들면서 숨결은 늘 고르다.

햇빛을 이고 서서
눈매가 문득 말갛다

이끼가 필 적에는
흐르던 땀도
머뭇해

봉긋이 부푸는 서정
쌀이 익고 봄을 달인다.

—《문학의 문학》 2010년 봄호

소녀

1
햇살에
그을리는 건
꼭
살빛만은 아니다

바람에
눈을 다치는 건
입맞춤만이 아니다

꽃비늘
다투어 흐르는
뜰에
마악
꿈길 트인다.

2
곧 봄이 지겠지
하 많은
눈물을 접어

희고 말간
속살에
한 점
혈흔을 뿌리노니

아씨야
참 예쁜 아씨야
훠이 훠이
날개를
달자.

― 시집《서울 한낮》(1987)

바람

한
ㅡ 올
손에 쥐고
가만히 들여다본다

풀내,
꽃내가 섞여
머리가 말갛다

그 속에
숨을 포개면
큰
문이
열린다.

ㅡ 시집《서울 한낮》(1987)

실내악을 위한 주제

1
겹겹이 빛을 벗기며
영롱한 집을 짓는
성낸 바다를 끌어오던
기나긴 여름만 살게 하던
밀감내 그윽히 스미듯
살껍마다 스미는

2
쏟아지며 넘치지 않는 맑은 찬미,
흐르면서 고이지 않는 이 기쁨이여
그대의 눈빛을 데불고
뜬눈으로 밝히는
밤은……

3
내쳐 갈앉는 숨결이어라, 그대 앞에서
벌레였고 나무였고 노을빛 과일 그대로
겨울의 긴 환상에 빠져
잠든 바다였어라. 그대 앞에서

4
젊은 생각들이
별처럼 돋는 뜰에
잔디 깔리듯
사랑을 펴는 이 있어
투명한
지느러미를 날리고
바람, 바람 앞을
달린다.

5
입술을 오므릴 뿐,
입초리를 쫑그릴 뿐,
휘익 휙 바람개비 소리
꿈을 굴린다
수심을 가르고 솟구치는
저 남루한 비상이여.

6
한때는 설원을 불사르던
한 마리 불사의 새
빙점끼리 맞부딪치며

불꽃 튀어 올리는가
철마다 새벽으로 태어나
해마중을 나선다.

7
그냥 이름이었다
매화라던가? 튤립, 백합, 아니면 찔레꽃……
온통 질식을 씻는
질펀한 꽃향의 무게
아픔도 이내 사루며
갈채하는 저 손짓.

8
한 여름 길바닥으로 갈라진 갈증 위에
작디작은,
소중해서 더욱 귀한 한 그루 하얀 꽃나무
착하게,
전부를 연소로 피어날
겨울꽃이여,
음악이여.

—《한국문학》1975년 11월호

소식

꿈이 발효하고 있을 밤의 여울목에
낙과 옷 벗는 소리, 시간이 쌓이는 소리
이 겨울
긴 아픔을 삭이며
한 약속이 피느라······

홀로
늘
웃음을 익혀
아득히 다사로운 마음

손 시린 이들을 가려
입김도 나눠 쪼이고
바람이 사오나온 뜰에
별은 와서 머문다

와아, 하고 터질 고함을
기다려
사는 보람.

속에만

재워둔 뜻이 시나브로 뭉쳐
지각(地殼)을 깨뜨리고 서려오네
새뜻합신
저, 원광(圓光)

다듬잇 애가 잦는 가락, 새벽을 쉬 밝히는데
저렇게 송이송이 꽃을 달 듯 비는 손짓
홀연히
문은 열리리
하늘
좋이
트이리.

—《현대시학》1972년 8월호

옥적(玉笛)

〈1〉
가슴을 적시고 드는
그윽한 흔들림 있어

손 짚어 더듬어 가면
한 가득 고이는 가람

소롯이 시름도 잊고
옛길 속을 거닌다

청노루 꿈을 깁는
흰 새벽도 지나고

꽃배암 나들이 납시는
봄뜰을 밟고 간다

맺힌 한 깊은 사연도
아침 속에 풀린다

〈2〉

동구 밖 아씨한테
비슷히 세속을 묻다

구름과 바람과 산과
물을 마시며
흐르는 입김

핏줄로 얽혀온 즈믄 해
어디쯤에 쉬일까

애닯듯 스러질 듯
여태도 감기고 든다

소리 따라 저물고 새는
흰 이마, 초롬한 생각

사철을 기다림에 살며
달빛 아래 웃는 꽃.

〈3〉
길에서
바다에서
싸리꽃 깔린 산비알에서

치솟는 굴뚝의 무게,
그 끈끈한 산실(産室) 속에서

뜨거운
참으로 뜨거운
금을 캐는 내 소리

환멸을 알다가도
버티듯 유유하게

병상을 느껴 섧다가도
문득 깨닫는 황홀

억겁을 다스려 숨 쉴
너와 나의
숲이여

— 〈서울신문〉 신춘문예(1970. 1)

자술연보

- 1970년 〈서울신문〉 신춘문예 시조 〈옥적(玉笛)〉 당선.

- 1979년　제1시집《실내악을 위한 주제》발행(한국문학사).

- 1985년　한국시조문학상 수상.

- 1986년　제1수필집《한 줄기 사랑으로 네 가슴에》(우석출판사) 발행.

- 1987년　제2시집《서울 한낮》(문학세계사) 발행.

- 1988년　제2수필집《어느 날 문득 사랑 앞에서》(홍익출판사) 발행.

- 1989년　제3수필집《소박한 날의 청춘》(현대문학사) 발행.

- 1990년　정운시조문학상 수상. 서울신문 출판편집국 편집부장, 부국장(~1997년).

- 1993년　한국시조시인협회상 수상.

- 1998년　세계일보 편집국 문화부장, 부국장.

• 1999년 스포츠투데이신문 편집국 문화부장, 국장(~2001년).

• 2001년 한국문학상 수상. 제3시집《소녀(우리시대 현대시조 100인선)》발행(태학사).

• 2002년 가람시조문학상 운영위원, 심사위원장(~2014년).

• 2003년 〈서울신문〉 신춘문에 심사위원(~2012년).

• 2004년 가람시조문학상 수상. 한국신문윤리위원회 윤리위원 (~2008년).

• 2005년 6·15민족문학인협회 남측 실무 부위원장(~2006년).

• 2006년 한국문화예술총연합회 문학 부문 공로상 수상.

• 2007년 한국문인협회 시조분과 회장(~2010년). 2007년~2011 년 6·15민족문학인협회 남측 집행위원.

• 2008년 이호우시조문학상, 이영도시조문학상, 이호우·이영 도시조문학상 신인상 심사위원장(~2009년).

• 2009년 한국시조시인협회 이사장(~2011년). 현대불교문학상 시조 부문 수상. 〈조선일보〉〈서울신문〉 신춘문에 시조 부문 심사위원(~2011년). 이상시문학상·〈중앙일보〉 중앙시조대상,

중앙시조신인상 심사위원.

• 2011년 〈동아일보〉 신춘문예 시조부문 심사위원(~2012년).

• 2012년 제4시집《손톱에 달이 뜬다》(목언예원), 제5시집 시화집《언젠가의 연애편지》(목언예원), 제6시집(인간과 문학사)《저물 듯 오시는 이》발행. 국제펜클럽 한국본부 송운시조문학상 수상. 한국여성문학인회 이사장(~2015년). 한국시조시인협회 명예이사장(~현재).

• 2013년 구상선생기념사업회 운영위원, 구상문학상 심사위원장. 제7시집《한국명시선100 서정의 취사》(시인생각) 발행. 남북국제문화예술총연합회의 문인장르 위원장(~2014년).

• 2014년 〈중앙일보〉 중앙시조백일장 심사위원. 대한민국문화예술상 문학 부문 대통령 표창 수상.

• 2017년 한국예술문화단체총연합회 예총예술상 문학 부문 대상 수상.

• 2021년 제8시집《시인은 하이힐을 신는다》(현대시학) 발행. 한국시인협회 시인협회상 심사위원. 5월 현재 한국여성문학인회 고문, 한국시조시인협회 명예이사장, 한국문인협회 자문위원, 중앙대문인회 회장, 서울신문 사우회 자문위원, 국제펜클럽 한국본부 이사, 한국시인협회 이사 겸 심의위원.

연구서지

정한모 〈현대시로 접근해 오는 대담한 현상〉《월간문학》 1970년
    8월호.

이근배 〈세련과 섭세의 성공〉《시문학》 1974년 7월호.

이태극 〈순미의 경지, 기량 있는 메타포〉《한국문학》 1974년 8월
    호.

송재영 〈우아하게 번뜩이는〉〈동아일보〉 1978. 2. 24.

김요섭 〈싱싱한 감성의 시작〉《한국문학》 1979년 2월호.

이우걸 〈감성의 지적 통제〉《이우걸 평론집》 1984.

오세영 〈기다림과 절대 이념〉 시집《서울 한낮》 문학세계사,
    1987.

정효구 〈개성과 서정의 미, 시집《서울 한낮》 서평〉《심상》 1987
    년 6월호.

홍신선 〈달관과 해방의 세계〉《한국시조》 1995년 가을호.

김제현 〈자유시에서도 찾아보기 힘든 세련-〈연습〉〉《현대시조
    평설》 1997.

이재창 〈누구도 흉내 내지 못할 가절, 〈다시 봄날에〉〉《이재창 평
    론집》 1999.

이근배 〈아름다움의 풍경, 〈회억〉〉〈중앙일보〉 2000. 10. 13.

최동호 〈노래와 숨의 시학〉 시집《소녀》(현대시조 100인선), 태
    학사, 2001.

최동호 〈진흙 천국의 시적 주술-한분순 시조의 의미〉《최동호
    평론집》 2006.

박찬일 〈벤야민이 설파한 천사의 흰 날개〉《열린시학》 2007년 겨울호.

김제현 〈현대불교문학상 수상작 〈고뇌의 만취〉〉《불교문예》 2009년 봄호.

신웅순 〈서정의 삼대 연대기〉《신웅순 평론집》 2009.

이경철 〈다정함이 발효돼 새뜻한 〈소식〉〉《중앙일보》 2010. 2. 8.

이정자 〈현대시조 정격 〈청〉〉《이정자 평론집》 2010.

김학성 〈양식의 창조적 표출 〈연기의 추상〉〉《시조의 날 주제발표》 2010.

장경렬 〈현대시조의 미학 〈달팽이〉〉《2010 만해축전 학술세미나 자료집》 2010.

고명철 〈이영도시조문학상 수상작 〈초봄〉〉《유심》 2011.

유성호 〈정형미학 극점〉 시집 《저물 듯 오시는 이》 인간과문학사, 2012.

이경철 〈순정의 결기 〈손톱에 달이 뜬다〉〉《유심》 2012년 3/4월호.

황인찬 〈사색의 정갈함, 시집 《언젠가의 연애편지》 서평〉《동아일보》 2012. 9. 27.

장재선 〈간결함 속 여운, 시집 《손톱에 달이 뜬다》 서평〉《문화일보》 2012. 10. 10.

황치복 〈서정과 리듬의 향연〉《시조시학》 2014년 여름호.

박성민 〈시에 대한 시〉《2015 올해의 좋은 시조》 푸른사상, 2015.

유자효 〈서정의 한 성취 〈저물 듯 오시는 이〉〉《중앙일보》 2020. 9. 3.

안수현〈시조의 안과 밖〈완벽히 우러나는 것은 찻잎일까 시일까〉〉《시조21》2020년 겨울호.

박진임〈섬세한 내면세계와 순수지향〉《박진임 평론집》2020.

김봉군〈언어 조탁과 절제미〉《창조문예》2021년 5월호.

이 봄〈서정의 기예로운 정반합과 젊은 도시 미학〉시집《시인은 하이힐을 신는다》현대시학, 2021.

하종훈〈미물 속 경이로움을 기적처럼 찾아낸다, 시집《시인은 하이힐을 신는다》서평〉〈서울신문〉2021. 1. 8.

유성호〈단아한 심상이 창조해내는 예술적 파문, 시집《시인은 하이힐을 신는다》서평〉《현대시학》2021년 5/6월호.

첫사랑 연애편지 같은 순정한 서정

이경철

터질라 잡는 듯 살짝 놓쳐야지// 사라질지도 몰라// 돌빛/ 감
아 앉는/ 투명// 거울 속/ 막 밝는 아침// 몸짓 뒤로/ 구르는/
환(幻)

—〈은필 소묘: 투명〉 전문

소녀 같은 신선한 떨림으로 다가오는 정갈한 시

한분순 시인의 시세계는 정갈하고 신선하다. 역사나 현실
의식에 함몰되지 않고 순수 서정을 견지하고 있다. 미처 말로
다 하지 못한 첫사랑, 첫 순정의 여백 같은 그리움이 시를 견
인하고 감동의 폭과 깊이를 확장시키고 있다.

한 시인의 시편들은 운율이 긴장돼 있고 이미지가 선명하
다. 시조의 정형은 지키되 자수율이나 음보율 등 고답적인 운

율이 아니다. 압축과 여백에서 단속적(斷續的)으로 울려 나오는 긴장된 리듬이다. 그리움 등의 관념이나 음악이나 소리, 투명한 색깔까지도 한 시인의 시편들은 감각적 이미지로 그려내고 있다.

시조의 민족 전통의 정형미학에 충실하다. 그래 반만년 우리 민족 전통의 정(情)과 한(恨)에 닿아 있다. 그러면서도 긴장된 운율과 참신한 감각적 이미지가 빛나고 있다. 그래서 한 시인의 시세계는 언제든 친밀하면서도 정갈하고 신선한 떨림으로 다가온다는 것이다.

이런 한 시인 시세계의 근황을 잘 보여주는 것 같아 이 글 맨 위에 인용한 〈은필 소묘: 투명〉을 보시라. 올 2021년 정초 등단 50주년을 맞으며 펴낸 시집《시인은 하이힐을 신는다》맨 위에 실린 시로, 제목처럼 '투명'을 날카로운 붓 끝에 은이 묻은 은필(銀筆)로 소묘한 것이다. 어찌어찌 형상화해볼 수 없는 투명한 색깔 혹은 관념을 은필로 예리하게, 잡을 듯 놓쳐가는 여백을 활용해 그리고 있는 시다.

시조 단수인 위 시는 얼른 보면 짧은 자유시 같다. 연과 행 나눔을 3장 6구 12음보 정형의 기사법에서 벗어나 자유롭게 했기 때문이다. 형태만 그리 보이게 하도록 그런 것이 아니라, 터질 듯 팽팽한 긴장된 리듬과 이미지가 필연적으로 그리 나누게 한 것이다.

"시조의 격조는 그 작가가 자기의 감정에서 흘러나오는 리듬에서 생기며, 동시에 그 작품의 내용 의미와 조화되는 것이라야 한다. 그렇지 않으면 딴 것이 되어버리고 만다. 공교롭다 하여도 죽은 기교일 뿐이다."

이론과 실제 창작으로 시조를 본격적으로 현대화한 가람 이병기 시인의 말이다. 가람의 이 죽은 기교가 아닌 "자기의 감정에서 흘러나오는 리듬", 즉 운율의 실감과 실정으로 인하여 시조는 비로소 음수율, 음보율의 외재율에 더해 자유시의 내재율로 현대시로 자리매김 될 수 있었다. 위 시에 어디 정형의 죽은 리듬이나 기교가 있는가. 내적인 실감과 실정이 자연스러운 구어체로 또는 긴장된 운율로 단속되고 있지 않은가.

중장 후반과 종장 전반구의 "돌빛/ 감아 앉는/ 투명// 거울 속/ 막 밝는 아침" 대목을 보시라. '투명'이 얼마나 감각적으로 '돌빛'같이 단아하면서도 '막 밝는 아침'처럼 신선하게 이미지화되고 있는가. 그러면서 이 대목 앞뒤의 '터지다' '잡다' '놓치다' '사라지다' '몸짓' '구르다' 등의 동사형으로 그 이미지들은 얼마나 또 역동적인가.

그런 참신하고 다이내믹한 이미지들로 소묘한 것은 인간의 원초적 그리움, 그 투명한 그리움의 원형 아닐 것인가. 비록 터지고 놓치고 사라지는 '환'일지라도 우리네 삶과 모든 예술의 알파요 오메가인 그리움을 투명하게, 순정하게 잡아내고 있지 않은가.

"1/ 가슴을 적시고 드는/ 그윽한 흔들림 있어// 손 짚어 더듬어 가면/ 한가득 고이는 가람// 소롯이 시름도 잊고/ 옛길 속을 거닌다.// 청노루 꿈을 깁는/ 흰 새벽도 지나고// 꽃배암 나들이 납시는/ 봄뜰을 밟고 간다.// 맺힌 한(恨) 깊은 사연도/아침 속에 풀린다."

1970년 〈서울신문〉 신춘문예 당선작 〈옥적(玉笛)〉 한 대목이다. 각 장 두 수로 3장으로 이뤄진 위 시 첫 장에서 볼 수 있듯 참 모범적인 작품이다. 가슴에 맺힌 원과 한, 그리움을 옥피리와 그 가락을 빌려 정갈하게 펴고 있는 작품이다.

1943년 충북 음성에서 태어난 시인은 울긋불긋 꽃동산 대자연과 어우러져 어린 시절을 보내다 일찍이 서울로 올라왔다. 집에서 초등학교까지 20릿길을 오가며 온갖 꽃들과 새들과 어우러졌던 유년의 원체험이 그리움의 원형처럼 시에 묻어나고 있다.

서울로 올라와 보성여중을 다니며 3학년 때 이승만 대통령 탄신기념 전국 초·중·고교 백일장에서 대통령상을 받아 일찍이 문재(文才)를 발휘했고, 고등학생 때도 독서와 문예반 활동을 하며 시, 산문, 소설 등 문학 전 장르에 걸쳐 습작 활동을 펼쳤다. 1964년 《동광》에 시 〈생명〉과 〈어머니〉가 당선되기도 했다.

"누구든 마음속엔/ 울보가 깃들어// 여리되 깊은 것/ 어휘의 비밀들// 작으나 오묘한 무게,/ 우주를 갖는다// 키가 큰 어른도 그림자는 앳되어// 청순한 그늘 아래/ 의연한 서투름// 소녀는 궁극의 평온, 부흥하는 피조물"

올 초 나온 시집에 실린 시 〈모든 소녀는 그만의 시를 쓴다〉 전문이다. 시력(詩歷) 반백 년이 넘고 팔순을 바라보는 나이인데도 한 시인과 시는 언제나 청순하고 해맑은 소녀 같다.

여리되 깊고 작으나 오묘한 무게가 있다. 그러면서 서투름 속에도 도(道)의 지경에 이르는 의연함이 있다. 시인의 시어에는 언령(言靈), 말의 영혼이 깃들어 있다. "말이며 글이며/ 그만의 힘이 있어" (〈언령신앙〉)라고 시에서 말했듯 언령을 신앙처럼 여기며 그런 말을 갈고 닦으며 신 모시듯 하고 있는 시인이 한 시인이다.

《역경》에서 말한 "도와 글은 하나로 같다"는 '도문일체(道文一體)'가 동양 시학의 정통이다. 이를 이어받아 조지훈 시인이 역저 《시의 원리》에서 '시 창생의 유일한 질료는 언어이고 언어 속에는 우주의 생명이 깃들어 있다'고 다시 강조하지 않았던가. 그런 언어만을 고르고 또 골라 단련해 압축하며 매양 새로운 우주를 낳고 있는 영원한 소녀가 한 시인이다.

그리움이 서정의 원형처럼 각인된 시편들

"환히 웃었지만/ 곁에 설/ 머슴애/ 있니?// 사위듯 피는 꼴이/ 제참에도/ 사뭇 수줍어// 마당을 한 바퀴 돌다가/ 먹빛/ 티로/ 남는다.// 긴 비[雨]에 지치면,/ 말인들 뭘까만,/ 여름이 지루해서/ 산도 제자리 채/ 녹네// 슬며시 감기는 빛살/ 문득/ 신선한/ 이마여."

두 수로 이뤄진 〈분꽃 송(頌)〉 전문이다. 이름에 '분' 자가 들어가서인가, 마치 시인 자신을 주제로 한 시 같다. 시인의 시편들을 보면 위 시처럼 분꽃이나 사춘기 소녀의 얼굴이 연상되곤 한다.

그리움에 제참에도 스스로 얼굴 붉히는 수줍은 소녀. 그 쪼그만 분꽃처럼 피어나며 사위어가다 먹빛 씨앗 혹은 미련이며 상처로 남는 그리움. 그러면서도 또다시 빛살에 감기어 전율하며 매양 신선하게 재생하는 그리움의 이미지를 분꽃을 빌려 살갑게 표출해내고 있지 않은가.

"그믐달,/ 선지피 닿은/ 서늘한 입술 있어// 짓이긴/ 핏물 머금고/ 첫사랑 기다린다// 불그레 두근거리는/ 손톱 위의/ 봉숭아물."

단정한 형태에 실린 순정의 결기가 돋보이는 시 〈손톱에 달이 뜬다〉 전문이다. 단수 각 장을 세 행 한 연씩 세 연으로 잡은 단정한 형태가 먼저 눈에 들어온다.

분꽃만큼 쪼그만 손톱을 소재로 했으면서도 시의 공간은 그믐달이 뜬 우주다. 시인의 손톱과 우주를 한마음으로 잇는 것은 그리움과 설렘의 사춘기적 순정일 것이다.

초장은 손톱에 대한 세밀한 묘사. 손톱 아래 살과 맞닿은 하얀 부분과 위의 붉은 부분 색채를 대비하며 '서늘한 입술'로 묘사하고 있다. 그러면서 '그믐달'을 주어로 맨 앞에 올려놓아 그 '서늘한 입술'은 스러져가는 그믐달 자체에 대한 묘사로도 읽게 했다.

중장에서는 그 손톱, 그믐달에 시인의 심사가 겹쳐진다. 이제 가뭇없이 스러져가야 할 그믐달, 핏빛 잃은 손톱 속의 달이지만 아직 "짓이긴/ 핏물 머금고" 있다. 그러면서 매양 새로운 '첫사랑을 기다린다'.

종장에서는 손톱에 들인 '봉숭아물'이 나온다. 선홍빛 손톱 색깔 이미지가 자연스레 봉숭아 꽃물빛을 불렀는지, 실제 봉숭아 꽃물 들인 손톱인지 몰라도 이 종장의 주어는 "불그레 두근거리는"이다.

이 두근거림이 손톱과 시인과 저 하늘의 달을 역동적인 서정으로 잇고 있다. 두근거리는 불그레한 마음, 단심의 순정이 그리움과 설렘의 달, 손톱 속의 달을 다시 선홍빛으로 시공을 초월하여 매양 새롭게 떠오르게 하는 서정의 결기가 돋보이는 시다.

위 시처럼 선명한 이미지와 긴장된 운율이 협력하여 빚어내는 서정, 우리가 흔히들 말은 하고 있지만 한마디로 정의 내리기는 어려운 서정이란 무엇인가. 우리가 좋은 풍경이나 영화나 그림을 보았을 때 '아! 시 같다'고 감탄하는 그 느낌이 바로 서정일 것이다. 대상과 내가 서로 한 마음 한 몸으로 촉촉하게 젖어들며 아득히 통하는 것이 서정 아니겠는가.

필자는 그런 서정을 한마디로 '너와 나의 외로움이 만나는 순간의 포에지'라고 표현하곤 한다. 좀 더 학술적으로 말하자면 너와 나는 같다는 동일성의 시학과 과거, 미래가 현재라는 순간에 들어 있는 순간의 시학이 서정의 요체라는 말이다.

그래 서정은 시의 핵이요 독자와 아련하게 소통을 원하는 모든 예술의 근간이 되는 것이다. 그렇다면 서정의 핵은 또 무엇일까. 우리 삶의 속내의 시작이요 끝인 그리움이라 생각한다.

그런 그리움의 속내를 천착해 들어가 이미지와 운율로 구체화하여 인간의 끝 간 데 없는 깊이를 소통하는 게 시의 본질 아니던가. 시선집을 펴내며 그 제목을 '서정의 취사'로 잡았을 정도로 서정을 결기 있게 천착해 들어가는 시인이 한 시인이다.

"커피를 마시다가/ 손안에 잡힌/ 슬픔을 본다// 잔 가득/ 일렁이는/ 그리움의 파편들// 목 타는/ 시간을 기려/ 마감하는 혼잣말."

두 수로 된 〈갈색의 파문〉 앞 수다. 시인의 시편들 중 커피를 소재로 한 작품들이 적잖은 것으로 보아, 또 그런 시편들을 본 주위에서 커피를 선물로도 보내고 있다는 시인의 말로 보아 커피를 마시는 것은 시인의 일상인 것 같다. 그런 일상 중에도 시인은 문득문득 그리움을 봐내고 있다. 제목 '갈색의 파문'은 커피잔 속 갈색 커피의 파문, 물결일 것이다. 그런 커피를 마시며 그리움에 목을 태우며 시를 쓰고 마감하고 있다. 목타는 그리움이 일상이 된 그리움의 시인이 한 시인이다.

"저물 듯 오시는 이/ 늘/ 섧은/ 눈빛이네.// 엉겅퀴 풀어놓고/ 시름으로/ 지새는/ 밤은// 봄벼랑/ 무너지는 소리/ 가슴 하나 깔리네."

단수로 된 〈저물 듯 오시는 이〉 전문이다. 그리움에, 기다림에 애타는 가슴이 서럽고도 선명하게 묻어나는 시다. '저물 때'가 아니라 '저물 듯' 오시는 이다. 앞서 살핀 시 〈분꽃〉에서처럼 꽃 핌과 사위어가는 것이 동시에 이루어지는 그리움이다.

해서 '저물 듯' '늘' 오시는 이다. 가슴이 깔리어 무너져 내리더라도 그런 그리움, 첫사랑으로 한결같이 살겠다는 결기를 서정적으로 드러내는 시다. "불씨끼리/ 머리 맞대/ 원형의 서약 새기던 자리"(〈사랑하고 남은 것〉 부분)처럼 한 시인의 시편들에는 그리움이며 첫사랑이며 서정이 '원형의 서약'처럼 각인돼 있다.

선명한 이미지와 긴장된 운율의 극서정(極抒情)

"한/ ―올/ 손에 쥐고/ 가만히 들여다본다// 풀내,/ 꽃내가 섞여/ 머리가 말갛다// 그 속에/ 숨을 포개면/ 큰/ 문이/ 열린다."

단수로 된 〈바람〉 전문이다. 바람과 시인이 '숨'으로 동화돼가며 서정의 원숙한 지경을 열고 있는 시다. 형체는 없지만 피부와 마음에 살갑게 감촉되는 바람을 짧게 툭, 툭 끊어지고 이어지는 운율과 선명한 이미지로 손에 쥐듯, 눈에 보이듯 잡아내고 있는 시적 기량과 완숙한 서정적 자세가 한 경지를 이룬 시다.

초, 중, 종 삼 장을 각각 한 연씩으로 처리한 위 시에서 초장 첫 행을 한 음절로 잡고 다음 행은 '―' 하이픈이 붙은 한 음절, 다음은 더 길게 나가는 형태를 띠고 있다. 그런 형태와 리듬에서 불어오는 바람이 구체적으로 한 올 한 올 잡힐 듯하다.

중장에서는 그런 바람에 '풀 내, 꽃 내가 섞여' 있다. 반복된 운율로 바람의 가닥 가닥을 형상화하고 있는 것이다. 그러면서 머리가 말갛다며 신선한 이미지로 시인과 바람이 동화돼가다 마지막 종장에서 바람과 '숨'을 포개며 동화돼 큰 문, 대자연의 비의(秘意) 혹은 섭리의 세계로 들어가고 있는 시다. 이미지와 운율, 그리고 그것이 협동하여 빚어내는 서정이라는 시의 본령에 충실하며 한 시인은 한 세계를 열고 있다.

시에서 이미지는 시인이 온몸으로 느낀 것을 독자들 또한 생생하게 느낄 수 있도록 구체적으로 형상화해 드러낸 것이다. 세계에 대한 느낌의 표상, 대상성의 내면화라는 서구 시의 이미지론은 동양에서는 미학의 핵심인 정경론(情景論)으로 설명될 수 있을 것이다.

시인의 정과 사물의 경의 접점에서 묘하게 조응, 교융(交融)

하며 태어나는 것이 고래로 무릎 치게 하며 경탄해 마지않는 좋은 시의 이미지 아니던가. 하여 서구의 합리적 이성과 프로이트의 무의식 콤플렉스에서 이미지를 해방시킨 가스통 바슐라르가 말한 '순간화된 형이상학으로서의 포에지'가 바로 정경교융의 이미지일 것이다. 전 우주의 비전과 하나의 혼의 비밀, 그리고 여러 대상의 비의를 동시에 드러내는 순간의 표상이 포에지이며 그런 포에지가 구체화된 게 이미지다.

이미지와 함께 운율이 시를 시답게 만드는 것이고 정형시인 시조에는 운율이 이미 내장돼 있다. 시에서 운율은 동일 음이나 글자 수, 음보, 구절, 문장의 반복이나 나열 등에 의해 형성된다. 시조는 자수율, 음보율, 3장 6구의 기승전결 식의 전개과정 등 모두가 다 율격적 층위에서 전개되는, 자체로서 노래인 장르다. 이 율격의 각 층위, 즉 외재율적 측면뿐 아니라 시상의 전개와 이미지의 중첩과 변용에서 나오는 내재율적 측면이 서로 협력하며, 혹은 갈등하며 수많은 변주를 가능케 하는 정형시가 시조다.

운율, 리듬은 의미 이전의 세계 자체를 우리에게 떠오르게 한다. 하여 볼프강 카이저는 서구의 문학론을 종합해 살피며 음향과 리듬 같은 비이성적 언어를 서정시의 본질적 특성으로 보았을 것이다. 로만 잉가르덴의 역저 《문학예술작품》에 따르면 시는 음향, 음색, 운율 등 음성형상들의 층과 이미지, 메타포, 상징 등의 의미단위체들의 층이 중첩된 다성악적(多聲樂的) 구성체다.

의미단위체들의 층위를 중심으로 시의 메시지 혹은 주제가 드러나게 되는데, 그런 리얼리즘 시보다 서정시의 본령은 음성형상들의 충위를 중심으로 주제를 환기시키는 것이다. 음상(音像)과 운율 등 의미 이전의 충위가 시를 의미론적 차원에서 존재론적 차원으로 환원시킨다는 것이다.

옥타비오 파스도 "시를 자족적인 우주로서 끊임없이 반복, 순환시키는 것은 바로 시의 리듬"이라고 했다. 직선적인 산문과는 달리 원형적 시간을 끊임없이 반복, 재창조하고 과거와 미래를 현재화하는 것이 바로 시의 운율이라는 것이다. 이렇게 산문이나 소설 등 다른 문학 장르와 달리 시를 시답게 하는 운율과 이미지에 정통한 시인이 한 시인이다.

"1/ 겹겹이 빛을 벗기며/ 영롱한 집을 짓는/ 성낸 바다를 끌어오던/ 기나긴 여름만 살게 하던/ 밀감 내 그윽이 스미듯/ 살껍마다 스미는// 2/ 쏟아지며 넘치지 않는 맑은 찬미,/ 흐르면서 고이지 않은 이 기쁨이여/ 그대의 눈빛을 데불고/ 뜬눈으로 밝히는/ 밤……// 3/내쳐 갈앉는 숨결이어라, 그대 앞에서/ 벌레였고 나무였고 노을빛 과일 그대로/ 겨울의 긴 환상에 빠져/ 잠든 바다였어라, 그대 앞에서"

단수 한 편씩을 각 한 장으로 잡아 총 8장으로 구성된 연시조 〈실내악을 위한 주제〉 앞 3개 장이다. 실내악이라는 음악의 멜로디와 화음, 리듬 등이 어우러지는 음악을 감상하며 그 느낌이나 감각을 형상화하고 있는 시다.

모든 예술 분야 중 음악을 우리는 가장 순수한 예술로 친다. 미술같이 형체가 없고 문학같이 언어의 의미가 없어 어떤 형상이나 의미에 얽매이지 않고 나름대로 자유롭고 순수하게 상상의 나래를 펼 수 있기 때문이다. 그런 음악 자체를 밀감 향기 그윽이 살껍마다, 마음의 갈피마다 스미게 감각적으로 형상화해 내며 '그대'라는 그리움의 환상의 나래를 펴고 있는 시다.

한 시인의 시세계는 그 빼어난 이미지로 이렇게 시에서 그리움의 순수 서정을 일궈내고 있다. 그러면서 벌레, 나무, 노을, 과일, 바다 등 우주 삼라만상이 한 몸으로 어우러지는 환상 같은 태초의 원형적 세계의 큰 문을 두드리고 있다.

"햇빛/ 언저리에 달려/ 장다리는 춤네// 눈 먼 바람 넘나들면/ 꽃대는/ 서로 부딪치네// 진종일/ 살을 비꼬아/ 푸른 멍이 들겠네."

단수로 된 〈목숨〉 전문이다. 각 장을 3행씩 갈음한 행태와 '~네'로 마감하며 나오는 운율이 참 단정한 시다. 그러면서도 어느 한 음절 음보라도 다른 거로 바꾸면 와르르 무너져 내릴 것 같은 울림과 이미지와 구조로 그리움이 팽팽히 터져나는 목숨을 형상화해내고 있다.

아직은 찬 햇빛과 눈먼 바람의 이른 계절이다. 그래도 장다리처럼 꽃대 목을 높이 빼 올려 서로 살 부딪치며 푸른 멍이 드는 그리움. 그런 그리움의 목숨들을 햇빛 속에 선명한 이미지로 군더더기 없이 형상화해내고 있지 않은가.

"한치의 힘도 없이/ 손 털고/ 나서 본 뜰에/ 남인지/ 동쪽인지/ 휘이휘/ 내젓는 허망(虛妄)/ 목숨이 그런 거라지만/ 말갛게 괴는/ 이 아픔."

〈목숨〉처럼 목숨을 소재로 삼은 단수 〈달팽이〉 전문이다. 달팽이처럼 눈 없고 귀 없어 오직 그리움의 더듬이로만 헤쳐 가는 삶의 허망과 슬픔을 노래하고 있는 듯하다.

그런 삶이고 그리움이지만 허망과 아픔이 "말갛게 괴는" 삶

자체를 찬미하고 있는 시이기도 하다. 이렇듯 한 시인은 그리움을 본원적인 삶으로 보며 빼어난 이미지와 운율로 그리움의 극서정을 순정하게 일궈가고 있는 시인이다.

참신한 서정으로 가볍게 도통해가는 현재진행형 시인

"오늘도/ 야금야금/ 나이를 먹다가// 그 컵에/ 있던 것을/ 건드려 쏟아 내고// 다시금/ 리필 받으며/ 젊음도 새로 시켜"

《시인은 하이힐을 신는다》에 실린 시 〈리필해 주셔요, 젊음〉 전문이다. 제목처럼 젊음을 리필해 달라는 메시지를 쉽고도 재밌게 표현한 작품이다. 나이를 먹어가면서, 지금 살고 있는 연도도 잊고 싶은 마음들이 내지르고 싶은 말을 대신해줘 누구든 공감할 시다.

이렇듯 올 초에 나온 시집에는 우리네 일상 속에서 누구든 하고 싶은 말을 경쾌하고도 재치 있게 표현해 공감을 얻고 있는 시편들이 많다. 매양 소녀처럼 살며 신선한 감각의 시를 쓰려 하는 시인의 일관된 자세와 반백 년 시력의 원숙함이 낳은 결과일 것이다.

"흰 구름 채집해 놓은/ 눈앞의 카페라테// 거품처럼 잠입하여/ 앉아 있는/ 커피빛 나비// 장자는 저 나비인가/ 아니면 시인인가// 도시는 불면이고/ 존재들은 몽롱하다// 삶의 취기 거나하여/ 유랑하는 사람들/ 뜨거운 구름 몇 모금/ 깨어나는 호접몽"

같은 시집에 실린 두 수로 된 〈카페 호접몽〉 전문이다. 앞

수에서는 거품이 뜬 카페라테에서 나비 같은 형상을 보며 장자의 그 유명한 '호접몽(胡蝶夢)'을 떠올리고 있고, 뒤 수에서는 호접몽에 빠진 도시의 삶을 반성하고 있다.

장자는 잠속에서 나비 꿈을 꾸다 깨어나 내가 나비 꿈을 꾸는지 나비가 내 꿈을 꾸는지 물었다. 나비와 나의 분별을 없애버리는 물아양망(物我兩忘) 지경을 드러내기 위한 비유가 호접몽이다. 물론 삶은 일장춘몽(一場春夢)이라며 삶의 덧없음, 혹은 그 반대로 삶과 꿈의 경계도 없애버리는 우화로도 자주 인용되곤 한다.

위 시에서는 그런 비유나 우화를 다 포괄하고 있다. 앞 수에서는 물아양망 쪽이 우세해 시인의 높은 경지를 드러내고 있고, 뒤 수에서는 불야의 밤을 유랑하는 덧없는 도시적 삶에 반성을 가하고 있으니. 이렇듯 올 초 나온 시집에서는 도시의 일상적 삶을 경쾌하게 다루면서도 장자의 자연 섭리, 도의 지경에까지 이르고 있다.

"그대 눈빛은/ 밤을 깁는 돗바늘// 그 아픔에 눈을 뜨면/ 인연의 실 끝이 여기 닿는가// 끝없는/ 마음의 누비질/ 열 손톱에 피가 맺힌다."

1976년에 발표한, 비교적 초기작인 단수로 된 〈그대 눈빛은〉 전문이다. 밤새워 큰 바늘로 열 손톱에 피가 맺히도록 깁듯 마음과 시를 누비질하는 시 쓰기의 정성과 고통이 배어나는 시다. 아픔이어야 모든 대상과 그리운 인연의 끈이 닿은 시인의 고통, 그런 아픔의 경륜이 이제 가볍게 한 지경에 이르게 한 것이다.

중앙대 문예창작학과 전신인 서라벌예대를 나온 한 시인

은《한국문학》과《소설문학》등 문예지 편집자로 근무했다. 1980년대 여성 잡지 전성시대에 여성 월간지《뷰티라이프》주간으로 근무하다 서울신문으로 자리를 옮겨 월간종합여성지《퀸》을 창간하기도 했다. 이후 세계일보로 옮겨 편집국 문화부장 겸 국장을 지내 언론인으로 활동하기도 했다. 세계일보 재직 때 신춘문예에 시조 장르를 신설하기도 했다.

등단하자마자 1970년 동인지《시법》창간 동인 활동을 시작으로 문단 활동에도 적극적이었다. 한국문인협회 시조분과 회장과 부이사장 등을 지냈으며 한국시조시인협회와 여성문학인회 이사장, 중앙대문인회 회장 등도 맡았다. 이렇게 언론 활동과 문단 활동을 폭넓게 하고 지금도 대접받고 있으면서도 한 시인은 '현역 시인'임을 한사코 내세우고 있다.

"신문사를 퇴직하고 나서 직함을 묻는 사람에게 나는 '문인' 또는 '시인'이라 말한다. '전(前) 신문사 국장'이라고 지난 이력을 밝힐 수도 있지만 '전'은 어디까지나 과거형 수식어가 아닌가. 내게는 문단을 활기차게 거닐며 현재진행형의 시인으로 살고 있다는 것이 더욱 설레고 자랑스러운 일이다."라며.

그러면서 "앞으로도 문학은 내내 품에서 놓지 않을 나의 현재진행형 연정(戀情)이다."라고 밝히고 있다. 그런 연정, 그리움, 첫 마음의 순정이 현재진행형으로 시를 쓰게 하며 매양 신선하면서도 시의 폭과 깊이를 넓고 깊게 하고 있는 것이다.

"구멍 난 양말들은 어디로 가는 걸까// 타인의 생을 감싸/ 올올이 헤어져도// 이별에 사무침 없이/ 입을 벌려 웃는다"

《시인은 하이힐을 신는다》마지막에 종시(終詩) 격으로 실린 시〈양말 희극〉전문이다. 시인의 아픔, 고통을 희극으로 돌려주고 있는 시다. 읽는 사람들을 살갑게 감싸줄, 위무하는 시를 쓰고 싶다는 시인의 독자들을 향한 마음이 잘 드러나는 시다. 그러면서 이제 "올올이 헤어져도// 이별의 사무침 없이" 울지 않고 웃는 도통(道通)의 단계에 자연스레 이르는 시다.

한 시인은 시력 반세기에 팔순을 바라보면서도 늘 소녀 같다. 신선한 이미지와 운율로 연정을 나누듯이 만물과 통정(通情)하며 서정을 일구는 삶을 살고 있어서 일 것이다. 앞으로도 계속해서 참신한 서정으로 가볍게 도통해가는 시 아주 많이 보여주시길 바란다.

이경철 abkcl@hanmail.net
시인, 문학평론가. 저서로《천상병, 박용래 시 연구》《미당 서정주 평전》《현대시에 나타난 불교》등과 시집《그리움 베리에이션》, 편저 한국 현대시 100년 기념 명시, 명화 100선 시화집《꽃필 차례가 그대 앞에 있다》《시가 있는 아침》등이 있음. 현대불교문학상, 질마재문학상, 유심작품상 등 수상.